Die Freibadclique

Das Buch

»Irgendwie waren wir missraten. Wir schwänzten Schule und HJ-Dienst, nachts lauschten wir unter Wolldecken verborgen den Feindsendern, wo Benny Goodman, Duke Ellington und Glenn Miller spielten, kurz wir taugten nichts, jedenfalls nicht zu Helden ...«

Den Mitgliedern der Freibadclique steht der Sinn im Sommer 1944 ganz und gar nicht nach Krieg und Hitlerjugend, sondern nach Sommer, Sonnenbaden und Radio hören. Sie wollen wissen, wie das mit den Mädels ist, wie man die Penne hinter sich bringt und um die SS-Werber herumkommt. Aber sie ahnen, dass es, trotz ihrer gut trainierten Lässigkeit, ums Überleben geht.

Ungemein lebendig erinnert sich Oliver Storz an einen denkwürdigen Sommer am Ende des Kriegs und die dramatischen Wirren der Zeit danach.

Der Autor

Oliver Storz, geboren 1929, ging 1957 als Feuilletonredakteur und Theaterkritiker zur *Stuttgarter Zeitung*. Ab 1960 war er bei der Bavaria als Autor, Produzent und Dramaturg tätig, seit 1976 war er freier Schriftsteller und Regisseur. Seine Filme wurden vielfach ausgezeichnet, u. a. mit dem Grimme-Preis. Er starb 2011 in Egling bei München.

Von Oliver Storz ist in unserem Hause bereits erschienen: *Als wir Gangster waren* (HC-Ausgabe)

Oliver Storz

Die Freibadclique

Roman

List Taschenbuch

Besuchen Sie uns im Internet:
www.list-taschenbuch.de

Lizenzausgabe im List Taschenbuch
List ist ein Verlag der Ullstein Buchverlage GmbH, Berlin.
1. Auflage März 2011
2. Auflage 2012
© SchirmerGraf Verlag, München 2008
Umschlaggestaltung: bürosüd° GmbH, München
unter Verwendung eines Fotos aus dem Privatarchiv
des Autors
Satz: Uwe Steffen, München
Gesetzt aus der Berthold Caslon
Papier: Munkenprint von Arctic Paper Munkedals AB,
Schweden
Druck und Bindearbeiten: CPI – Clausen & Bosse, Leck
Printed in Germany
ISBN 978-3-548-61014-6

Die Freibadclique

I

Die niedere Steinmauer am Freibadeingang fühlte sich an, als seien schon Ferien: gegen fünf noch so sengend, dass unsere mageren Ärsche in den dünn gewetzten Badehosen darauf glühten. Dieses Ferienvorgefühl am Hintern genoss ich, hatte andererseits aber ein Problem, sodass ich dem Gequassel der Jungs nur ein Ohr, nein, ein halbes lieh. Es ging wohl darum, dass sie jetzt *Lili Marleen* nicht mehr im Radio (Soldatensender Belgrad) spielten, weil Goebbels es angeblich verboten hatte – Heiner Kuss (»Zungenkuss« genannt, aus Gründen, die später klarer werden, gegen Ende seines kurzen Lebens hieß er nur noch »Zunge«), Heiner Kuss sagte: »Stimmt, weil's der Amisender jetzt auch spielt, und drum ist's jüdisch verseucht.«

»Blödsinn«, sagte Bubu (eigentlich Hubert,

»Bubu« war sein Kindername), »es is wegen der Stelle, wo's heißt: ›Unsre beiden Schatten sah'n wie einer aus‹ – das is öffentliche Unzucht, deswegen hat's der Kleine verboten.«

»Wieso is das Unzucht?«, wollte der Hosenmacher wissen (hieß Rosenacher, Sigurd, Zahnarztsohn, wurde »Hosenmacher« genannt, weil er in der Pimpfenzeit beim Nahkampf im Geländespiel manchmal undicht geworden war).

»Wieso is das Unzucht?«, äffte Bubu ihn nach und zog wie immer, wenn er als Fachmann einem blutigen Laien gegenüber Verachtung ausdrücken wollte, die zu kurze Oberlippe über seine Nagetierzähnchen hoch: »Stell dir doch vor, Schwachkopf, zwei Schatten wie einer, da muss er ja in ihr drin sein, damit das so aussieht, oder? Die vögeln da im Stehen unter der Laterne vor der Kaserne – und das is für den kleinen Hinkemann halt Unzucht, klar?«

Dem Hosenmacher leuchtete das ein, aber von Knuffke, der sich rausgehalten hatte, kam ein kurzes Auflachen, begleitet von einem ebenso kurzen Kopfschütteln, das Wort »Kinderquatsch« musste er gar nicht aussprechen. Überhaupt war das Knuff-

Die Freibadclique

kes Stärke, ein Wort hören zu lassen, das er gar nicht sagte. Er war unser Berliner Luftkriegsflüchtling, ausgebombt im Wedding, Eltern verschüttet. Im Herbst '43 hierorts aufgetaucht, wohnte Knuffke bei einem (»entfernten«, wie er stets betonte) Onkel, genauer: hauste in einem winzigen Kämmerchen der mittleren Villa, die der Onkel in der westlichen Vorstadt besaß. Knuffke, weißblond, wasserblaue Augen, slawischer Rundschädel (so jedenfalls im Biologieunterricht von dem rassekundigen Dr. Röhrle – genannt »Harnröhrle« – klassifiziert), Knuffke war eine arme Sau, aber in unseren Provinzleraugen ein Weltmann, hatte sich als Vierzehnjähriger noch in den berühmten Delphi-Swing-Palast reingeschlichen, kurz bevor die Gestapo den Laden schloss – mehr musste man über Knuffke nicht wissen. Warum man ihn gelegentlich den »großen Knuffke« nannte, ist mir dennoch nie klar geworden – oder vielleicht doch, aber erst viel später, kurz bevor sie ihn umbrachten.

An jenem Nachmittag musste ich die ganze Zeit an den Wisch denken, der vor ein paar Tagen vom Gesundheitsamt gekommen war, und alle

Angehörigen des Jahrgangs 1929 hatten ihn erhalten. Knapp, Nötigungsdeutsch: »Du hast dich am … 1944 … Uhr sauber gewaschen in tadelloser HJ-Uniform zwecks Teilnahme an einer Röntgenreihenuntersuchung auf dem Marktplatz einzufinden. Erscheinen ist Pflicht.« Und am Tag darauf in der Zahnarztpraxis von Dr. Rosenacher ein anonymer Anrufer: »Diese Untersuchung ist Schwindel. Da steckt die SS dahinter, lassen Sie Ihren Buben da nicht hin.« Der Hosenmacher hatte es mir weitergesagt, aber das Ehrenwort abgenommen, mit niemand darüber zu sprechen.

Am Westhorizont über den Waldhügeln, wo die Sonne jetzt in den Eichenkronen zündelte, schoss lautlos eine ME 262 entlang und zog den Schall hinter sich her, womit gesagt sein soll, dass der Schall immer erst kam, wenn die Maschine schon wieder weg war. Sie probierten die ME 262 drüben im nahen Fliegerhorst aus, den ersten Düsenjäger der Welt. Laut Kreisleiter Sengle in einer Parteimorgenfeier mit Haydn und Hölderlin würde die ME 262 in Kürze die Wende im Luftkrieg bringen.

Am Boden sah es nicht so gut aus. Die Russen standen an der Weichsel, und an der Westfront saßen die Invasoren vielleicht schon bald in Paris, was in unserer Clique Anlass zu speziellen Betrachtungen bot. Der Hosenmacher hatte mühsam lässig bemerkt: »Da müssen jetzt die Huren ganz schnell umlernen von Deutsch auf Englisch«, war aber von den Fachleuten Bubu und Zungenkuss sogleich belehrt worden: »Blödsinn, nix Deutsch, nix Englisch, das heißt ›wulle-wu ficki-ficki‹ – Französisch is doch international die Sprache der Liebe, Schwachkopf.«

Jetzt, auf dem Freibadmäuerchen unter der langsam zuwachsenden Lärmschneise, die der Düsenjäger in den Himmel gerissen hatte, fragte ich: »Was ist? Gehen wir zu der Untersuchung?«

»Auf keinen Fall in Uniform, und schon gar nicht frisch gewaschen«, sagte Bubu.

»Und wenn da schnieke junge Ärztinnen sind, und du stinkst?«, sagte Zungenkuss.

»Na und? Die sind doch geil auf 'n echtes Männeraroma.«

Ich sah die ganze Zeit den Hosenmacher an, aber der schwieg.

»Und wenn's da gar nicht um Gesundheit geht?«, sagte ich.

»Sondern?«, fragte Bubu.

Ich sah immer noch den Hosenmacher an, und der malte schließlich mit zittrigem Zeigefinger die SS-Runen in die Luft, dann sprang er auf, rannte zum Becken und hechtete hinein. Schweigen. Dann Zungenkuss: »Scheiß auf Gesundheit. Wir werden sowieso nicht alt.« Wir ahnten nicht, wie recht er hatte, zumindest was ihn selbst betraf, acht Wochen später war er tot.

Wieder hatte Knuffke sich rausgehalten, aber des Hosenmachers in der Luft schreibenden Finger aufmerksam verfolgt. Jetzt sagte er: »Wat steht in dem Wisch? ›Erscheinen is Pflicht‹? Da ham se zwee Wörter verjessen: für Arschlöcher.«

Das gab den Ausschlag. Keiner von uns ist erschienen.

Der Bannführer Seidebrant soll getobt haben. Beim Zählappell auf dem Marktplatz hatte fast ein Drittel der Einbefohlenen gefehlt, und etliche verkrümelten sich noch, als sie an den zwei dunkelgrauen,

Die Freibadclique

riesigen Bussen, die auf dem Marktplatz standen, die Nummernschilder mit den SS-Runen entdeckten. Das werde Folgen haben, soll Seidebrant gebrüllt haben, und dass unser Jahrgang wehrpolitisch ein Bewusstsein habe wie eine Latrinengrube. Damit aber hatte er die Katze aus dem Sack gelassen: Wozu wehrpolitisches Bewusstsein, wenn's nur um die Röntgenuntersuchung der Lungen des Jahrgangs '29 ging? Es hätte sich, hieß es, daraufhin so mancher Kamerad noch verdrückt in die engen Gassen, die auf allen Seiten vom Marktplatz wegführten.

Von denen, die in alphabetischer Reihenfolge in die Busse und nach längerer Zeit auch wieder herauskamen, war wenig Genaues zu erfahren. Sie schwiegen oder ließen nur spärliche Auskünfte tröpfeln. Das Gesundheitliche sei schnell gegangen, hingegen habe das andere viel Zeit in Anspruch genommen. Welches »andere«? Na ja, eben das mit dem Annahmeschein zur Waffen-SS. Die meisten hätten lange gezögert, seien mehrfach dringlich befragt worden, bevor sie das Formular unterschrieben. Wonach »befragt«? Na ja, was dem Betreffenden an der SS nicht passe oder ob seine Eltern was dagegen hätten. Was sollte man da schon sagen? So, in dieser Art sei das alles abgelaufen, so richtig Scheiße mit Ei. Wir »Lässigen«, die wir gar nicht erst erschienen waren, grinsten und vergaßen die Sache.

Statt *Lili Marleen* sang Lale Andersen jetzt im Radio »Es geht alles vorüber, es geht alles vorbei...«. Knuffke sagte: »Die Frage is bloß, wie schnell?« Der Sommer lungerte langwierig überm Salzlacher Land. Die Wälder knisterten vor Trockenheit. Im Freibad war ein neuer Stern aufgegangen: Lore, eine Nachrichtenhelferin vom Fliegerhorst, blitzblankblau wie die Söderbaum im Kino, aber nicht so tränenkeusch, eher mit sündigen Augen – mag aber auch sein, dass unsere Augen den ihren das Sündige nur andichteten, weil wir inmitten von Appellen und Endsiegverkündigungen gern ein bisschen Sünde gehabt hätten.

Die Westalliierten kamen schnell voran. Die Russen zielten auf Warschau. Bubu und ich sprangen vom Zehnmeterturm. Für Lore. Die war schon neunzehn und schaute uns trotzdem zu. Als wir aus dem Becken kletterten, gab sie Bubu einen Schmatz

Die Freibadclique

auf die Backe. Ich hätte auch einen gekriegt, aber in dem Moment kam ihr Fähnrich von der Jagdfliegerschule, und mit dem bummelte sie nach hinten zu den Jasminbüschen. Ich sehe heute noch die Bewegung, mit der sie sich beim Weggehen den roten Badeanzug aus der Poritze zog. Ich litt – fünfzehn war ein Scheißalter. Ich spürte Knuffkes Blick, wie er meinen Blick verfolgte, mit dem ich Lore nachsah. Aber er lachte nicht, ich glaube, er hat auch nicht den Kopf geschüttelt. Kann aber sein, dass er gelächelt hat.

Am nächsten Tag griffen sie sich uns. Um sechs morgens schellte die Polizei in Gestalt des einstmals kinderfreundlichen Schutzmanns Putzer: »Anziehen, mitkommen, schnell!« Vor dem Haus wartete ein Trupp von vierzehn Mann, Bubu und Zungenkuss waren dabei, die in der Nachbarschaft wohnten. Vom Putzer bewacht, marschierten wir zum Bahnhof, wo Gruppen aus anderen Stadtteilen schon warteten oder unter Polizeibedeckung noch eintrafen. Wir mögen um die sechzig Mann gewesen sein, als sie uns in den Zug nach Backnang scheuchten –

bei Weitem nicht alle, die bei der Untersuchung in den Bussen gefehlt hatten, aber vielleicht waren wir ja nur der erste Schub. Unsere Clique war vollzählig, sogar Knuffke, den großen Knuffke, hatten sie geschnappt.

In Backnang wurden wir von unserer Polizei, verstärkt durch die dortige Polizei, aufs Gelände der Napola eskortiert, in die Turnhalle, und dort in den Umkleideraum. Man konnte kaum stehen, so eng war es. Ein riesiger SS-Untersturmführer mit Unterarmprothese rechts erschien und befahl (nicht einmal laut): »Ausziehen. Alles!« Dass er nicht brüllte, wo doch sonst alle Befehle immer nur gebrüllt wurden, davon ließ sich Bubu täuschen: »Aber doch nicht *ganz* alles?«, fragte er. Der Lange war schnell bei ihm: »Hemmungen? Die gewöhnen wir dir ab.« Er wartete, bis Bubu auch seine Unterhose ausgezogen hatte, dann nahm er ihn mit lockerem, fast zärtlichem Griff am Genick und schob ihn vor sich her in den Turnsaal.

Bis wir anderen nachkamen, hing der nackte Bubu schon an einem Reck und machte Klimmzüge. Das Reck befand sich hinter einer Front zusammengeschobener roher Holztische, an denen SS-Helferinnen im grauen Uniformkostüm, den Totenkopf vorne am Schiffchen, saßen, nicht älter als Lore, mit Listen, Formularen und Stempeln vor sich, grämliche Jungtanten, vollbusig, aber dies wohl eher aus Versehen. Zwei saßen rechts, zwei links vom Untersturmführer (EK 1, Nahkampfspange), der hinter seinem Stuhl stand, die heile Hand in der Tasche, die Prothese auf die Lehne gestützt. »Ich habe Zeit«, sagte er. Plötzlich war alles ganz leise, und wir standen in Formation. Es muss ein Theaterbild gewesen sein: der stille, helle Saal, aus dessen Parkett spiegelnd die Sonne brach, die schweigend-grauen SS-Figuren und hinter ihnen der in Klimmzügen auf und nieder fahrende Bubu.

Es blieb nicht still. Der Ustuführer konnte brüllen ohne jede Anstrengung: Ein Sauhaufen unser Jahrgang, verkommen und frech dazu – vorbildlich noch die Siebenundzwanziger und Achtundzwanziger – ganz neu unsere impertinente Wurstigkeit angesichts der ernsten Kriegslage – Schicksalskampf des Abendlands – wer ein Kerl ist, gehört in die Waffen-SS – Annahmescheine für die Wehrmacht nur Papier, der Führer wünscht euch bei uns – Feiglinge kommen hier nur nackt raus – an dieser Stelle kurze Unterbrechung durch den dumpfen Aufprall, mit dem Bubu vom Reck plumpste. Die grauen Tanten kicherten. Wir nicht. Der Ustuführer zusammenfassend: »Wir werden siegen, weil wir siegen müssen!«

Hinter mir sagte Knuffke kaum hörbar: »Wieso? Müssen die andern denn nich oder wat?«

Für Gesundheitsfaxen nahmen sie sich diesmal keine Zeit, kein Arzt ließ sich sehen. Die Tanten notierten Größe und Gewicht nach unseren Angaben, nur in Zweifelsfällen wurde gemessen und gewogen. Knuffke, nach seiner Größe befragt, sagte: »12,3 cm – also ausjefahren, wa?« Die rotblonde Tante stand auf und klatschte ihm eine, so gewaltig, dass es in der günstigen Akustik des Saals schön nachhallte. Knuffke sagte: »Besten Dank ooch«, und fing sich noch eine ein, für die er sich nicht mehr bedankte. Er war krebsrot geworden, dann, fast übergangslos, totenblass. Bubu, inzwischen in meiner Nähe eingereiht, zeigte die bissbereiten Nagerzähnchen nun als Dauergesichtsausdruck, viel-

Die Freibadclique

leicht würde er nie mehr einen anderen haben. Der Hosenmacher, der austreten war, hatte versucht, an seine Kleider zu kommen, und meldete uns, dass die Türe zum Umkleideraum abgeschlossen sei. »Ich glaub, heut' kriegen sie uns«, sagte Bubu. Von Knuffke kein Wort mehr.

Vor dem Ustuführer lag der Stoß mit den Annahmescheinen. Wie der einen anschaute, wenn man vor ihm stand – fast regte sich einem die Hand von selbst zum Unterschreiben. Ein Pfarrerssohn aus der Umgegend schmetterte in strammer Haltung, er wolle sich freiwillig zur Luftwaffe melden, brachte aber den Satz kaum zu Ende, da hatte er die schwarze Prothesenhand im Gesicht, sodass ihm das Blut aus der Nase tropfte. »Luftwaffe?«, rief der Ustuführer belustigt, »will noch wer zur Luftwaffe, weil er meint, so kommt er um die SS rum? Stimmt, wir haben keine Flugzeuge, aber dafür hat die Luftwaffe keinen Sprit mehr. Die Entscheidung fällt am Boden. Dort, wo wir stehen, lässt der Gegner das meiste Blut – also, wer nicht zu uns will, ist in meinen Augen schon ein halber Deserteur.« Der Pfarrerssohn unterschrieb.

Oliver Storz

Den Kameraden, die zur Marine wollten, fuhr gleichfalls die schwarze Faust ins Gesicht – es war jedes Mal der gleiche, kaum vorherzusehende Schlag, auf Schmerz berechnet, genau unter die Nasenwurzel, eindrucksvoll. Ich schätze, nach dem ersten Durchgang hatte die Hälfte von uns unterschrieben, und Schutzmann Putzer ließ sie zu ihren Kleidern. Der viel zu kleine Hosenmacher war dabei, sie waren nicht mehr wählerisch, auch Zungenkuss. Bubus Rattengesicht war noch da und schien die Prothesenfaust besonders zu interessieren. Auch Knuffke und ich machten den zweiten Durchgang mit und wurden nicht geschlagen. Es war das Beste, mit völlig leerem Gesicht vor dem Mann zu stehen (was Knuffke kaum mehr spielen musste) und hilflos auf das hingeschobene Formular zu starren. Das schien ihn zu irritieren, und er winkte einen weiter, was bedeutete, dass man sich hinten wieder anzustellen hatte. Idioten wollte der nicht, wohl aber Simulanten, wenn er uns denn früher oder später als solche erkennen würde – die könnte er sicher gut gebrauchen, zu Demonstrationszwecken, wie's denen erginge.

Die Freibadclique

Nach dem dritten Durchgang müssen wir noch um die zehn Mann gewesen sein. Bubu war dabei, aber Knuffke, der große Knuffke, nicht mehr. Ich sah ihn unterschreiben und blickte dann weg. Ich wollte seinem Abgang nicht zuschauen. Es war trübe und kalt geworden, so schien mir, irgendwie winterlich. Bubus rättische Mimik zerfiel. Mir selbst war, als zerfiele ich insgesamt. Ich spürte den Trotz nicht mehr, der mich zusammengehalten hatte. Plötzlich lag es sehr nahe zu unterschreiben – und aus.

Um diese Zeit herum muss es gewesen sein, dass die Sirenen Vollalarm heulten, die amerikanischen Luftpiraten flogen ja seit Neuestem auch Tagesangriffe ohne jedes Schamgefühl. Der Ustuführer, merkwürdig starr, blickte zum Himmel oder zumindest zur neugermanisch-wuchtigen Balkendecke empor, von wo er neue Befehle zu erwarten schien. Ein HJ-Luftlagemelder marschierte herein und verkündete den Anflug starker Feindbomberverbände auf den Großraum Stuttgart aus verschiedenen Richtungen. Das klang dem Ustuführer wohl etwas zu flächendeckend, denn nicht gerade hastig, aber doch zügig verließ er mit seinen Damen den Raum.

Wir blieben allein mit dem unfrohen Schutzmann Putzer, der dem Wummern der Fellbacher Flak zu lauschen schien und dann befahl: »In den nächsten Schutzraum marschmarsch!« Wo der erstens sei und ob wir ihn zweitens nackt aufsuchen sollten – diese beiden naheliegenden Fragen erregten Putzers Zorn dergestalt, dass er den Schlüssel zum Umkleideraum aus der graugrünen Uniformjacke zog, vor uns aufs Parkett schmiss und schrie: »Macht, dass ihr fortkommt, Saubande!«

In Ausführung dieses Befehls interessierte uns der Weg zum Luftschutzraum weniger als der zum Bahnhof. Dort verkrochen wir uns in der Grünanlage. Irgendwo südwestlich donnerte es anhaltend, und von dort trug der Wind Unmengen von angesengten Papierschnitzeln her – Luftpost aus Stuttgart, sozusagen. Irgendwann kam Entwarnung. Irgendwann fuhr ein Zug nach Salzlach. Dort war immer noch Sommer.

Des Menschen Gedächtnis ist unsolide. Ich weiß noch genau, mit welch verstohlen-routinierter Bewegung Lore an ihrem Badeanzug gezupft hat, ich weiß aber nicht mehr, ob ich nicht doch noch unterschrieben habe, kurz bevor der Alarm kam. Ich könnte nicht beschwören, dass nicht... Falls ja, warum wurden dann Knuffke und der arme Hosenmacher im nächsten Frühjahr tatsächlich zur Waffen-SS eingezogen, aber ich nicht? Glück? Schlamperei? Erstes Anzeichen der Auflösung, die dann mit zunehmender Geschwindigkeit ins Chaos des »Endkampfs« führte, in ein Wirrsal von Befehlen und Gegenbefehlen, in dem so mancher glücklich verlorengehen konnte? Es soll, wie nach dem Krieg zu erfahren war, in Berlin einen Riesenkrach zwischen SS und Wehrmacht gegeben haben, die nicht länger dulden wollte, dass die SS-Werber ihr den Nachwuchs vor der Nase wegklauten. Kann aber nicht viel genützt haben, denn im Herbst, als wir am Westwall schippten, kamen sie ja wieder, wenn auch erstaunlicherweise weniger brutal. Aber so weit sind wir noch nicht.

Freibadbetrieb bei solide-trockener Hitze. Noch übte über unseren Köpfen die ME 262, verfolgt von ihrem Schall, der sie nie einholte, uns aber immer fast umwarf. Was trieben die Brüder da oben? Trainierten sie Zielanflüge auf das rote Signal eines gewissen Badeanzugs? Mir sollte es recht sein: Solange sie da oben rumkarriolten, konnten sie nicht mit Lore hinter die Büsche. Einmal schien mir, als habe sie mir zugelächelt – Zufall, Gedankenlosigkeit? Sie schielte ja leicht, hatte sie jemand anderen gemeint, oder war ich tatsächlich der glückliche Besitzer eines Lore-Lächelns? Die Frage beschäftigte mich für den Rest des Sommers.

Heute frage ich mich: Warum in aller Welt wollten wir damals ums Verrecken nicht zur Waffen-SS, im Sommer 1944, als ein deutscher Durchschnittshalbwüchsiger noch nicht entfernt ahnen konnte, welches Grauen sich dereinst mit den beiden weißen Runen auf schwarzem Fahnentuch im Bewusstsein der Nachkriegswelt verbinden würde?

Ich weiß es nicht. Ich glaube, wir wussten es auch damals nicht. Es war nur so ein Gefühl ohne jeglichen politischen Gedanken. »Widerstand«? Wir kannten nicht einmal das Wort. Wir passten bloß nicht mehr so richtig hinein ins Herrenmenschentum, hatten das ewig Zackige dick, und das nordische Rassengetue der Heim- und Schulungsabende amüsierte uns allenfalls, bevor es uns nur noch langweilte. Wir waren nicht mehr so ganz des Führers Jugend, irgendwie danebengewachsen, missraten, verkorkst. Wir schwänzten Schule und HJ-Dienst, und während die Parteiredner in hymnisch hoher Stimmlage uns aufforderten, die Zukunft des Reiches in die Hände zu nehmen, suchten unsere Hände wie von selbst den Weg in ein kleineres, näher und tiefer gelegenes Reich, das voller Geheimnisse war und den Vorzug hatte, ganz Gegenwart zu sein, nicht Zukunft, keine Idee, sondern lebendiges Fleisch und Blut, Haut und Haar.

Nachts hingen wir am leise gestellten Radio, suchten geduldig und fanden irgendwann ABSIE (»American Broadcasting Station in Europe« hieß das, glaube ich), und durch das Geräuschdickicht der Störsender drangen die Klänge von Benny Goodman, Duke Ellington, Glenn Miller und Konsorten, eine Musik, die nicht mehr trampelnd marschierte, die nicht mehr befahl, sondern verführte – und damit waren wir unrettbar verloren fürs National-Heroische. Wir taugten nicht mehr zur Alternative

»Sieg oder Tod«, denn wir hatten das Zivile entdeckt, sogar das Zivilste: die Sehnsucht. Wonach, das wussten wir noch nicht, es war aber zu ahnen, es hatte etwas mit Freiheit zu tun, und die Synkopen aus Goodmans Klarinette, aus Armstrongs Trompete, die Bluesstimme von Billie Holiday waren Signaltöne dorthin. Wer sich in Goodmans Judenmusik, ins Niggergejaule Armstrongs und Holidays verirrt hatte, was sollte der noch in der Waffen-SS zu suchen haben?

Dass es mit der amerikanischen Freiheit auch so eine Sache war, wenn man Südstaatler reden hörte, die niemals in einem Hotel abgestiegen wären, in dem etwa die Fitzgerald oder Count Basie nächtigten, die jeden Schwarzen aus dem Ballsaal prügelten, der auf die Idee kam, mit einem weißen Mädchen zu tanzen – bis zu dieser Entdeckung war es für uns im Juli 1944 noch ein weiter Weg. Vor allem: Würden wir ihn überhaupt machen können? Vorher verschütt gehen schien wahrscheinlicher, aber darüber wurde kein Wort verloren und seltsamerweise auch kaum ein Gedanke. Es war Sommer, und wir lebten in den Tag hinein. »Politisch« lag uns nur eins

Die Freibadclique

am Herzen: Sie sollten uns in Ruhe lassen und nicht dauernd an uns herumerziehen. »Freischwimmen« hieß damals irgendeine wassersportliche Tauglichkeitsprüfung, deren Zweck ich vergessen habe. Wir waren Freischwimmer in einem anderen Sinn, und wir wollten es bleiben, solange es ging. Das war alles.

II

Es war ein »Tilemma«, wie wir damals sagten – mit einem betont hart gesprochenen T im Anlaut, denn ein weiches D hielten wir für schwäbischen Akzent, und das wäre uns peinlich gewesen. Keiner in der Clique wollte mehr schwäbisch sprechen, seit Knuffke da war und für uns eine Weltläufigkeit verkörperte, zu der unsere Mundart nicht passte. Also übernahmen wir, so gut es ging, seine Sprache, ohne zu ahnen, dass seine Berliner Breitmäuligkeit einen Mann von Welt ebenso wenig zieren würde wie unser Heimatidiom.

Das »Tilemma« an diesem heißen Mittag des 20. Juli 1944 bestand darin, dass abends im Kino (dem einzigen in der Stadt) der Spielfilm *Münchhausen* letztmalig laufen würde, wir aber noch nicht drin waren – Jugendverbot: »Jugendlichen unter

Oliver Storz

achtzehn Jahren ist der Zutritt untersagt«. Empörend: Was konnten wir dafür, dass wir erst fünfzehn waren? Beschämend: Knuffke hatte sich vor einem Jahr schon, noch in Berlin, in den UFA-Palast geschlichen und den Film gesehen: »Verboten is det nur wejen een' Bild, keene fünf Sekunden lang, und det is', wenn Hans Albers uff seene Kanonenkujel zu die Türken reitet und im Harem landet, und da siehste kurz 'n paar Mädels mit oben nischt an – janz scheene Glocken, aber det is ooch allet. Wat seid ihr bloß für Schisser, dassa euch da nich' rin traut?«

Bubu, wie immer, wenn ihm was stank, hatte die kurze Oberlippe über die Mäusezähnchen hochgezogen: »Was heißt hier trauen? Das Reinkomm' is' kein Problem, weil, die Polypen am Eingang sind harmlos, aber seit Neuestem steht dann beim Rauskomm' an sämtlichen Ausgängen der HJ-Streifendienst, das is' 'ne Schlägertruppe, Napola-Abgänger, alles SS-Freiwillige, abgestellt zum ›Jugendschutz‹, wenn die dich schnappen, biste Matsch – das is' das Tilemma.«

Knuffke stellte sein überlegenes Weltmannlächeln achselzuckend ab. Wir schwiegen. Um uns herum

Die Freibadclique

das Freibad tobte, erste Schulferienwoche, Hochbetrieb mit kriegsbedingter Textilienknappheit – sämtliche Mädchenbadeanzüge waren zu eng und an beiden Enden zu kurz. Aus den Jasminbüschen, wo die dienstfreien ME-262-Testpiloten des Fliegerhorstes lagerten, wehte Koffergrammophonmusik herüber: Margot Hielscher mit *Frauen sind keine Engel*, aber immerhin auch schon Nat Gonellas Saxophon mit *Caravan* und solchen Sachen – wo's die Jungs von der Luftwaffe bloß immer herbrachten, das so göttlich entartete Zeug?

Ich weiß noch: das Licht. Diffus, dunstig, sonnenlos, hellgrau-flach, eine glatte Flanellhimmelsdecke, durch deren Gewebe die Hitze heruntergepresst wurde auf Fleisch, Gras und Wasser. Das Thermometer an der Bademeisterkabine zeigte fünfunddreißig Grad – im Schatten? Gab es nicht, nirgends. Wir alle hatten keine Schatten. War das ein Zeichen? Waren wir Peter Schlemihls, Gespenster ohne Ort, ohne Land? Und an wen hatten wir uns verkauft – Quatsch, das ist Nachkriegsweisheit, es war ein stinknormaler Freitag, nein, falsch, es muss ein Donnerstag gewesen sein, denn freitags lief im Kino immer der neue Film an, und heute Abend also letztmalig *Münchhausen.*

»Ohne uns!«, fing Zungenkuss wieder sein typisches Nachzüglergemaule an, bodenlos sei das, jeder von uns habe schließlich den ROB-Annahmeschein der Wehrmacht (Reserveoffiziersbewerber) in der Tasche, dafür sei man alt genug, und dann zu jung für fünf Sekunden nackte Titten. »Klappe«, sagte Bubu, »wenn du die Eier poliert haben willst, kannste ja reingehen.« Damit war das erledigt. Die Hitze wuchs. Ganz in der Ferne Donner oder auch der Schallmauerdurchbruch einer ME 262. Ich schätze, es war kurz vor eins, als wir geschlossen mit flachem Hecht vom Beckenrand absprangen.

Um diese Zeit geht im Führerhauptquartier »Wolfsschanze« beim ostpreußischen Rastenburg Stauffenbergs Bombe hoch.

Vom weiteren Verlauf des Nachmittags fehlt mir ein großer Teil. Ich sehe nur noch leuchtende Stücke eines roten Badeanzugs durchs Blattwerk der Jasminbüsche, runde, eckige, vielgezackte, alle irgendwie

Die Freibadclique

in rätselhafter Bewegung, vieldeutig oder eindeutig, ich weiß es nicht – jedenfalls würde all dies Splitterwerk, richtig zusammengesetzt, die Wehrmachtshelferin Lore ergeben haben, Lore blitzblankblau, Lore unerreichbar, in roter Badeanzüglichkeit mit meerblauen Augen (eines davon leicht schielend), die vorgaben, nichts zu ahnen von den Traumkatastrophen, die sie in den Köpfen vier Jahre jüngerer Pennäler auslöste. Die Luftwaffe spielte jetzt *Moonglow*, das Vibrato von Artie Shaws Klarinette glitzerte, vielleicht tanzten die roten Lore-Fragmente dort drüben Swing mit einem Fähnrich, es war besser, sie nicht zusammenzusetzen – auf jeden Fall hätte Lore eher mit Jugendverbot belegt gehört als *Münchhausen*.

In der »Wolfsschanze« ordnet Hitler, der nur leicht verletzt ist, die totale Blockade sämtlicher Fernsprechleitungen an. Im Berliner Amt des Ersatzheers, im Bendlerblock, warten die Verschwörer unter General Olbricht vergeblich auf das verabredete Codewort aus Rastenburg zum Losschlagen, das heißt zur Übernahme der Staatsgewalt durch die Wehrmacht. Die Nervosität wächst. Stauffenberg befindet sich auf dem Rückflug nach Berlin, die Maschine besitzt keine Funkanlage.

Inzwischen feinstäubender Sprühregen, ohne dass die Hitze nachgelassen hätte. Wir hockten im Gras wie unter einer warmen Dusche aus einer riesigen Blumenspritze. Immer noch Musik aus den Büschen hinter uns. Lionel Hampton jetzt. Plötzlich dämmerte mir, wie die Amis diesen unglaublichen Swing herstellten: Sie teilten die Rhythmusgruppe, Gitarre, Bass und Klavier spielten den Beat, der Drummer den Offbeat. Über Lore hingegen keine neuen Erkenntnisse. Der Hosenmacher sagte überflüssigerweise: »Mann, das Mädel poussiert vielleicht was weg!«, und natürlich langte ich ihm eine.

Erst nach sechzehn Uhr ist Stauffenberg zurück im Bendlerblock. Inzwischen aus Rastenburg eingegangenen verworrenen Informationen, dass der Führer möglicherweise überlebt habe, tritt er energisch entgegen. Er zeigt sich von Hitlers Tod felsenfest überzeugt. Wertvolle Stunden sind vergeudet, aber Stauffenberg ist die

Entschlossenheit selbst. »Operation Walküre« (Entmachtung von SS und Partei durch das Ersatzheer) läuft an. Erstes Ziel ist ein Waffenstillstand an der Westfront.

Der Heimweg durch die Stadt im strömenden Regen. Dennoch standen viele Fenster offen, man wollte die einsetzende Kühle hereinlassen. Aus den Volksempfängern anhaltend Wagner-Musik.

»Auch das noch!«, sagte Bubu, ich nahm an, er meinte bloß: zusätzlich ärgerlich zum Jugendverbot.

Aber irgendetwas Ernstes musste geschehen sein. Am Portal des Gründerzeitbaus, in dem das Wehrbezirkskommando saß, stand ein Doppelposten unter Gewehr, was ungewöhnlich war, und jetzt zeigte Knuffke eins seiner Kunststücke: Stramm militärisch marschierte er auf die älteren Männer unterm Stahlhelm zu, knallte die Hacken zusammen und rief mit Heldentum in der Stimme: »Heil, Kameraden! Ick will ma freiwillig melden, kann ick rin?«

»Hau ab, Kerle, aber dalli«, knurrte der ältere Posten, »mir hent Alarmbereitschaft.«

Und Knuffke: »Wieso? Is wat passiert?«

»An Tritt in Arsch, des passiert, wenn de net glei' verschwindesch.«

Irgendwas stimmte nicht. Es schlich sich was durch Gassen und Gemüter. Bürgersdamen, die sich begegneten, blieben unter Schirmen stehen und flüsterten. Rektor Seefritz, sonst immer dankbar für einen schneidigen »deutschen Gruß«, den er mit einer Ganzkörperzuckung zu erwidern pflegte, kam uns entgegen und sah uns nicht.

»Haste den Blick gesehen?«, sagte Bubu, »der glotzt wie in sein eigenes Grab.«

»Wär' 'ne schöne Aussicht, ooch für uns«, sagte Knuffke.

Und Zungenkuss: »Vielleicht is' was passiert wie damals das mit Stalingrad?«

Knuffke: »Nee, denn wär' hier in dem Kuhdorf keine Alarmbereitschaft im WBK. Det muss was Inneres sein.«

Kein Wort vom Hosenmacher. Hatte wahrscheinlich schon wieder die Windeln voll, wusste bloß noch nicht, weswegen.

Die Freibadclique

Um 18.45 Uhr lässt Goebbels unbehelligt über den Deutschlandsender, den die Verschwörer versäumt hatten rechtzeitig zu besetzen, die Meldung verbreiten, dass auf den Führer ein Attentat verübt worden, dieser aber dennoch im Vollbesitz seiner Kräfte sei. Daraufhin gerät der Aufstand, ohnehin zu zögerlich begonnen, vollends ins Stocken.

Zu Hause: Mein Vater allein zwischen seinen Bücherregalen im dämmrigen Zimmer mit einem Gesicht, das ich nicht kannte – nein, falsch: Ich hatte es schon einmal gesehen, in jener Novembernacht '38, als er am Fenster stand und hinausschaute in den Widerschein des Synagogenbrands. Damals war ich neun und begriff nichts. Jetzt war ich fünfzehn und begriff wieder nichts. Was war mit mir los? War die Welt da, um begriffen zu werden, und bloß ich schaffte es nicht – 'ne Vier in Mathe und 'ne Sechs im Weltbegreifen? Wozu aber dann die Eins in Deutsch? Wozu überhaupt etwas? Das rauschte alles vorbei und bedeutete nichts. Im Frühjahr konfirmiert, aber nichts geglaubt, nur manchmal auf Zehenspitzen gegen Abend in die Kirche, wenn der Organist

Bach-Fugen übte – der Musik musste man nichts glauben, die war einfach da, und das tat gut. Regulär vom Jungvolk in die HJ übernommen mit feierlichen Fahnensprüchen, geglaubt kein Wort, den Dienst geschwänzt, wann immer es ging. Und jetzt: »Der Führer lebt – der Führer ist tot« – was immer, es ging an mir vorbei, oder ich habe vergessen, ob es mir etwas bedeutet hat und was. Überhaupt: Auffällig im Rückblick auf diese Jugend sind die riesigen Leerflächen, auf denen kein Gedanke, keine Empfindung mehr zu finden ist, Brachland, immer schon, oder versteppt unter der Strahlung der Jahrzehnte? Beherrschend in mir ist nur noch diese vollkommene Stille, die auch nicht nachgab, wenn Charlotte ein paar Mal hereinschaute und meinen Vater stumm ansah, von ihm aber nicht mehr bekam als ein unmerkliches Kopfschütteln (wer Charlotte war, muss an dieser Stelle nicht mitgeteilt werden). Mein Vater war sechsundvierzig damals, und ich weiß noch, dass ich ihn an diesem Abend zum ersten Mal für einen sehr alten Mann hielt.

Er griff von Zeit zu Zeit zum Telefonhörer und lauschte, ob die Leitung noch ging. Es war klar, dass

Die Freibadclique

er auf einen Anruf wartete, und ich ahnte dunkel, von welcher Seite – egal, Hauptsache, ihm passierte nichts. Ich war auf keiner Seite, auch Knuffke nicht und Bubu und die anderen nicht. Wir hingen zwischendrin. Wir waren nirgends. Nichts.

In der Küche schrubbte Frau Behr noch unter ihrer sie stets umhüllenden Geruchsglocke aus Schweiß und ich weiß nicht was die Bodenkacheln. Seit sie nachmittags ihren kranken Mann im Spital besuchen musste, kam sie abends. Eine erzevangelisch fromme Frau, tief verwirrt von all den Gerüchten und Gegengerüchten, mit denen sie wohl noch weniger anfangen konnte als ich, umgetrieben nur vom dunklen Gefühl, die Welt sei aus den Fugen. Das fasste sie zusammen in dem angsterfüllten Satz: »Ach Gott, Bub, i glaub, mir müsset alle noch katholisch werde.«

Im Bendlerblock geht es zu Ende. Stauffenberg und die Handvoll seiner Getreuen kämpfen verzweifelt gegen den Abfall der Kommandeure des Ersatzheeres. Die Verhaftung von Goebbels misslingt. Im Radio wird immer wieder angekündigt, der Führer werde noch am

Oliver Storz

Abend im Rundfunk sprechen. Stauffenberg, der seit über sechs Stunden pausenlos von Telefon zu Telefon hastet, ist zu Tode erschöpft, kämpft aber weiter, bis er von den Gegenverschwörern gegen dreiundzwanzig Uhr überwältigt wird.

Um diese Zeit pfiff Bubu unter meinem Fenster den Anfang von *In the Mood*. Ich schleuste ihn auf meine Bude. Mit der Lässigkeit, die uns wichtig war, wenn's um wichtige Dinge ging, sagte er: »Ich war im Kino ... Kleinigkeit.« – »Und Streifendienst?« – »Keine Sau war da, die ham heut' Abend andere Sorgen.« – »Und der Film?« – »Schwach. Knuffke is' 'n Angeber, die Mädels sind so weit weg, die Titten kannste ahnen, aber du siehst nicht mal die Knospen. Is' 'n Schwindel – wie alles eben.« Damit war das erledigt.

Wir hockten und hingen, glaube ich, an einem Amisender: Woody Herman, Harry James, Artie Shaw, die ganzen Größen. Vom Attentat noch kein Wort, soviel ich mich erinnere, kann auch sein, dass es denen schon piepe war, wer wem im Nazireich an die Gurgel ging.

Die Freibadclique

Gegen Mitternacht werden Stauffenberg und drei seiner Mitverschwörer in den Hof des Bendlerblocks geführt und standrechtlich erschossen. Zum neuen Chef des Ersatzheeres wird Reichsführer SS Heinrich Himmler ernannt. Die erste Verhaftungswelle der Gestapo läuft an.

Der Sommer toste. Vor den Läden, wo eine Sonderzuteilung Brotaufstrich oder Graumehl oder 1 Brathering pro Person aufgerufen war, dampften die Hausfrauen beim Schlangestehen schweißgebadet schon am Morgen. Der Führer soll in jener Nacht um eins noch eine Rede gehalten haben. Die Leute sprachen aber über andere Sachen.

Irgendwann im August wieder mal Kino. Was Jugendfreies mit Gebirgsjägern und Edelweiß und Mädels in Dirndln. Schwach.

Interessanter war die Wochenschau: Erste Aufnahmen aus der Verhandlung gegen die Generäle, welche die Macht übernommen hätten, wenn Hitler tot gewesen wäre. Einer von ihnen, uralt, hieß Witzleben. Er stand vor dem Richtertisch in schäbigem Zivil und hielt sich die Hose fest, weil sie ihm Gürtel und Hosenträger genommen hatten – das Gebiss wohl auch, so eingefallen war sein Gesicht. Sobald er etwas sagen wollte, brüllte ihn der Gerichtspräsident mit sich überschlagender Stimme nieder, so laut – man musste es noch auf der Straße gehört haben.

Das durften wir sehen. Warum die nur zu ahnenden Titten in *Münchhausen* nicht?

Totenstille im Kinosaal, kaum ein Räuspern. Ich merkte plötzlich, dass mein Herz raste. Irgendwas stimmte nicht, schon wieder nicht. Was war mit mir los? War ich plemplem? Ich stand auf einer Seite, auf der Seite dieses klapprigen alten Mannes, ich war nicht mehr nirgendwo, ich war bei dem Alten, und ich hasste diesen Präsidenten mit den kalten Augen, der seine Wut nur spielte. Waren das die Schwindler, die, die gewonnen hatten?

Neben mir zeigte Bubu die Mausezähnchen, so kurz war seine Oberlippe noch nie gewesen. Gesagt hat er nichts, nicht nach dem Kino und auch später nie. Auch Knuffke nicht. Wir waren der Jahrgang der Nichtssager. Aber wir lauschten. Wir hörten

Die Freibadclique

falsche Töne und richtige – im Jazz und im Leben, das weiterging, also der Krieg eben. Auch der wurde bald jugendfrei.

III

»Wer weiß, was uns da blühen mag«, sagte der Hosenmacher, der selten das Wort ergriff, und wir grinsten, weil es so ein hübsches, zierliches Kaffeetantensätzchen war, das er sich da zurechtgelegt hatte. Die Sommerferien waren zu Ende, und der Herbst stand vor der Tür, aber mit dem Blühen meinte der Kleine natürlich nicht die lila Astern in dem kümmerlichen Beet, das der Bademeister Kress längs des Freibadeingangs in Fortsetzung des Mäuerchens angelegt hatte, auf dem wir immer noch hockten. Nach wie vor wärmte uns der Stein vom Hintern hinauf bis unter die »Tangomähne« (hämisch so genannt von der HJ-Führung und schließlich verboten, weil lange Haare als Erkennungszeichen unter Poussierstängeln, Jazzheinis und anderen »oppositionellen« Jugendlichen galten).

Oliver Storz

Uns blühte was, da hatte der Hosenmacher schon recht, es war was im Busch – jedenfalls für uns Neunundzwanziger, denen mitgeteilt worden war, dass der Unterricht »bis auf Weiteres« für die Schüler unseres Jahrgangs entfiele. Sie hatten was vor mit uns, das war klar, und angeblich planten sie Großes – wer »sie«? Wehrmacht? Partei? Reichsjugendführung? Egal, eben welche von den Idioten da oben, von denen mit der großen Klappe, die das Wort »Jugend« jetzt alle aussprachen wie Goebbels, schwärmerisch, fast singend: »Juuugend!« – was heckten die aus?

»Das wissen die doch selber nich'«, sagte Bubu, »mal heißt's, wir kommen zur Flak wie die Achtundzwanziger, mal sollen wir als Fahrradmelder in die Bombenstädte für wenn der Sprechfunk ausfällt, verstehste ...«

Zungenkuss: »Wär' net schlecht, Mann, wenn ma uff die Weis' zu 'nem Fahrrad kommt ...«

Knuffke: »Denkste! Det musste selber stellen. Wat die an Fahrrädern ham, brauchen se dringend für die Front, weil die Mot.-Einheiten zu wenig Sprit ham ...«

Die Freibadclique

Bubu: »Es heißt aber auch, dasse HJ-Bataillone zwecks Infanterieausbildung uffstellen wollen – es is' 'n Scheißdurcheinander, ich glaub, die ham in Wirklichkeit keine Ahnung, wasse mit uns anfang' solln.«

Knuffke: »So isset. Wir taujen eben zu nischt – wär' ooch nich' det Schlechteste, wennse uns wejen Blödheit n.k.v. schreiben würden, wa?«

Zungenkuss: »Nee, Mensch, des wär' auch net des Wahre, 'n bissel Krieg möcht' ich schon noch mitkriegen, weil jetzt, von wegen ›totaler Krieg‹ und so, da setzen se ja die kriegsdienstverpflichteten Mädels ein, dicht hinter der Front, für Sanität, Feldküche und so weiter – Klassefrauen, Ballettratten, Weiber vom Film und alles, wo sonst kein Rankommen is, aber dort, wo's kalt und ungemütlich is, da macht so 'n Wonnebrummer schon mal die Beine breit für 'n bissel Wärme…«

Knuffke: »Wat quatschte da für 'n Kack, Mann? Gloobste, die Bienen vom Film und Theater machen Fronthelferdienst? Die ham doch beste Beziehungen zu die Militärs und Parteibonzen, wa? Die hocken schlimmstenfalls im jeheizten Büro und hacken uff die Schreibmaschine, und die Mädels, wat keene Beziehungen ham, stehn inna Rüstung am Fließband, aber an da Front is da keene.«

Zungenkuss: »Hast du 'ne Ahnung, Mann! Mein Kussäng war 'n paar Tage auf Fronturlaub da, den hättste mal hören sollen –«

Ich: »Zunge, geh mir weg mit deinem blöden ›Kussäng‹! Was der dir immer für Bären aufbindet, da könntste 'n ganzen Zoo mit bestücken –«

Knuffke abschließend: »Also langsam wird's doof, Leute, ick jeh ins Wasser, kommt wer mit?«

Sie trabten alle vier zum Becken und sprangen mit flachem Hecht weg. Ich blieb. Dem westlichen Sonnenstand nach könnte von jetzt an Lore eintreffen, wenn sie im Horst keine Alarmbereitschaft hatte, und ich behielt die Fahrradständer vor dem Eingang im Auge. Fand es höchst unangebracht, dass ausgerechnet jetzt aus dem Radio des Bademeisterbüros Ilse Werner sang und pfiff: »So wird's nie wieder sein…« – Wie »so«? »So« war's ja nie, leider. War ja nie mehr als dieses ganz unvergleichliche Erschrecken des Pulsschlags, wenn Lore – wie jetzt wieder –

Die Freibadclique

– wenn Lore angefahren kam, ihr Rad abstellte und den Sperrriegel zwischen die Speichen schob. Sie hatte es stets eilig, das luftwaffengraublaue Uniformtuch vom Leib zu kriegen, und strebte mit nicht kleinen, dennoch leichten Schritten derjenigen Kabinenbaracke zu, über deren Eingang in großen Buchstaben FRAUEN stand (ich glaube, erst in den Fünfzigerjahren ersetzt durch DAMEN), weiß verblasste Lettern auf grau verwittertem Holz, die nur noch schwer lesbar waren, die aber im Augenblick von Lores Eintreten aufzuschimmern schienen, zur Überschrift wurden: FRAUEN – wenn Lore unter diesen sechs Buchstaben hindurchschritt, erhielt das kümmerlich gemalte Wort für Sekunden den ihm gebührenden Glanz, dann hatte es mehr Sinn und Sinnlichkeit als das spätere, bloß vornehm tuende DAMEN.

Jetzt hieß es warten, bis Lore sich umgezogen hatte, was rasch ging und endlos dauerte, und die sackende Sonne nutzte die Zeit, um das richtige Licht für Lores Hervortreten unter FRAUEN zu setzen, tiefes Licht, welches das Wasser im Schwimmbecken schon dunkelbernsteingolden machte, spätes Licht, aber noch stark genug, um das unverschämte Rot dieses Badeanzugs womöglich noch zu übertreiben – dergestalt beleuchtet schritt Lore (jetzt ohne Eile) über den steinernen Laufsteg der Beckenkante, sodann über das bronzefarben verdorrende Gras der Liegewiese und schaffte es immer irgendwie, sich wie auf Goldgrund zu bewegen bis hinüber in den blaudämmernden Schatten der Jasminbüsche, wo die (aus Spritmangel leider oft dienstfreien) ME-262-Testpiloten lagerten. Natürlich waren meine vier Kumpel rechzeitig zu Lores Auftritt an den Beckenrand geschwommen, hingen dort mit aufgestützten Armen, Andacht im Blick, und versäumten keiner ihrer Schritte, sodass insgesamt zehn andächtige Augen das wandelnde Rot begleiteten, dieses Rot aus selbststrahlender, Lore-umspannender Wolle, das uns bis in die Träume schien. Das hast du immer gewusst, Lore, und immer glaubhaft so getan, als bemerktest du nichts davon, denn alles andere wäre abgeschmackt gewesen – das war dein Geschenk an uns, dieses kurze Leuchten vor der Nacht, die näher war, als wir damals ahnten.

Die Freibadclique

In der zweiten Septemberwoche dann, glaube ich, die Einberufung zum »Westwall«-Einsatz, letzter Freibadtag, letztes Nachglühen des Sommers – wie Lore von unserer bevorstehenden Verlegung an den Rhein erfahren hatte, weiß ich nicht, jedenfalls rief sie uns nach: »Bleibt übrig!«, diesen seit einiger Zeit im Schwange befindlichen neuen Abschiedsgruß der Deutschen, und da sie, wie schon mitgeteilt, diesen Silberblick hatte, blieb unklar, wen von uns sie speziell anschaute. Natürlich war jeder in der Clique überzeugt davon, dass er es gewesen sei, auch der Hosenmacher hat das gemeint – mag sein, dass ihm das geholfen hat, die Schinderei am Rhein durchzuhalten.

Der Wettergott, falls es ihn gab, so oft gelobt von Parteirednern für strahlend blauen Himmel an Führer-Geburtstagen, erwies sich als undankbar, ja feindselig gegenüber unserem Bannführer und leidenschaftlichen Rhetor Seidebrant: Genau am Tag unseres Abtransports gen Westen schickte er – also der Gott – den Herbst mit Kälte und strömendem Regen. Seidebrant hatte sich etwas Schönes zurechtgelegt, einen Hymnus der religiösen Art, der im niederrauschenden Himmelswasser leider ersoff. Wir waren gegen Abend angetreten zum Appell am Güterbahnhof vor dem schon bereitstehenden Zug, und Seidebrant sang – (vielleicht sollte ich hier erklärend einschieben: Es gab damals zwei Rednertypen, die Beller, die sich am Führer orientierten: knurrig verhaltener, dunkel drohender Anfang, dann stetige Steigerung bis zum wütend-heiser anhaltenden Gebell. Und es gab die Sänger, die dem Vorbild des Propagandaministers Goebbels folgten: volksnah-melodische Töne, die anwuchsen zum gottesdienstlichen Kantus und endeten im gewaltigen, Tränen der Ergriffenheit erzwingenden Choral) –, Seidebrant war ein Sänger, dessen Talent aber nicht ausreichte, um gegen den Regen anzusingen; immerhin waren Fetzen seiner Rede ahnungsweise zu verstehen: heilige Pflicht der Juuugend, dem frevlerisch-frechen Vordringen des jüdisch-plutokratischen Bösen Einhalt zu gebieten mit dem Spaten in der Hand – Ausbau von Auffangstellungen für die heldenmütig kämpfende Wehrmacht, die vielleicht, aber nur vorübergehend, hinter den Rhein ausweichen müsse –

Die Freibadclique

Rhein, heilig-deutscher Schicksalsstrom – Westwall, Wall der Liebe zur heiligen Heimaterde – Schutzwall gegen die Mächte der Finsternis ...

»Det klingt nich jut«, sagte Knuffke neben mir, »imma, wenn se't so heilig machen, is' Scheiße fällig.«

Und Bubu hinter mir: »Ach was, alles is besser als Penne.«

Es war schon duster, als wir den Zug bestiegen, der aus einem eisenbahnhistorischen Museum gekommen zu sein schien: uralte Wagen der verschiedensten Typen vom ländlichen Bummelzugwaggon der Holzklasse bis zur österreichischen Mitropa-Polsterklasse, Coupés mit Fenstervorhängen zum Gang hin. Zwei solche vornehmen Salons eroberte sich unsere Clique – zu ihrem Nachteil: Die Armlehnen zwischen den engen Sitzen ließen sich nicht hochklappen, man saß starr im Dunklen, denn Licht gab es nirgends, wer schlafen wollte, musste sich auf den Boden legen, und das umschichtig, denn dort war immer nur Platz für einen Mann. Dennoch herrschte zunächst Ausflugsstimmung, die im Lauf der Nacht zerbröckelte. Immer wieder stundenlanges Stehen auf freier Strecke, in der Ferne einmal die rötliche Helle von Großbränden in einer namenlosen Stadt, dann wieder Fahrt und wieder Stehen in einem abgedunkelten Provinzbahnhof, dessen Toiletten wir stürmten, aber die waren ebenso verstopft wie die im Zug.

Gegen Morgen flüsterte der völlig übermüdete Hosenmacher: »Wieso fahren wir eigentlich noch zum Schanzen? Is doch eh schon alles in Auflösung.«

Knuffke sagte: »Ick hab da jewarnt, Kleena, hättste dir von dein' Ollen 'n Attest schreiben lassen, wärste jetz daheeme und hättst 'n doppelten Jewinn: Müsstest nich' schippen, und Penne hättste ooch keene.«

Da bekam der Hosenmacher seinen mutigen Blick und murmelte: »Arschloch!«

So was dem großen Knuffke ins Gesicht zu sagen, das war schon was. Bubu feixte, aber verhalten. Knuffke schloss die Augen und döste vor sich hin.

Anhaltend angeregter Stimmung schien allein Zungenkuss zu sein. Bewertete in langem Monolog

Die Freibadclique

die Chancen, die er sich von einer Extremsituation, der wir entgegenzufahren schienen, versprach: Solche Einsätze – allein aus unserem Kreisgebiet vierhundert Mann – seien nur zu meistern mit einem enormen Aufgebot weiblicher Hilfskräfte, und wo Weiber seien, sei auch Leben trotz oder gerade wegen der bedrohlichen Feindnähe, die ja den Vorzug habe, Mann und Weib über die Grenzen bürgerlicher Moral hinweg enger zusammenrücken zu lassen: »Solang Frauen da sind, kannste dich immer in einer verkriechen, zumindest teilweise ...«, kicherte er zum humorigen Abschluss bedenkenswerter Mitteilungen.

»Dann tu's doch mal, Zunge«, sagte ich, »aber mit 'm Pimmel und nicht bloß mit der Klappe!«

Ich weiß nicht, was mich an ihm so aufbrachte, oder doch: Ich glaube, es war seine nimmermüde Lust, uns zu belehren, verbunden mit der unausgesprochenen Drohung, dass, wer sich nicht danach richte, zu nichts mehr kommen werde angesichts der wenigen Zeit, die uns noch bliebe, bis alles den Bach runterginge. Hätte ich geahnt, dass Zunges Zeit am knappsten bemessen war – ich hätte ihn nicht so grob in ein beleidigtes Schweigen gestoßen, das er für die nächsten Stunden beibehielt.

Ankunft in Kehl am rechten Rheinufer gegenüber von Straßburg am späten Nachmittag, und gleich ein Tieffliegerangriff von zwei Thunderbolts, kaum dass wir auf dem Bahnhofsplatz unter einem schweren Himmel, aus dem es unaufhörlich sickerte, angetreten waren. Stimmt das? Tieffliegerangriff bei Regen? Die US-Jagdwaffe ist bei schlechtem Wetter nicht aufgestiegen, wozu auch? Bei der Luftüberlegenheit konnten die sich die schönen Tage doch raussuchen, andererseits sehe ich uns aber noch nass geregnet auf diesem öden Platz stehen, höre noch einen langen Lulatsch namens Stricker in der graubraunen Uniform des höheren HJ-Führers herumbrüllen: »Alles hört ab sofort auf mein Kommando!«, und so weiter, und da wirft er sich auch schon in volle Deckung, denn die zwei Maschinen jagen tief aus dem dunstigen Nichts über den Rhein herüber – oder war's Artilleriefeuer? Unsinn, die Amibodentruppen standen ja noch jenseits der Vogesen, es müssen Tieffliegerangriff gewesen sein, aber an einem anderen Tag,

Die Freibadclique

ich bringe da zeitlich was durcheinander, jedenfalls weiß ich, dass bei der Ankunft in Kehl etwas in der Luft war, das nach Krieg roch, nach Brand oder Gefahr oder ich weiß nicht was, oder ich weiß es doch: nach Fremde, nach vollkommener Fremdheit, so, als hätten wir eine Welt betreten, in der andere Naturgesetze gelten – wenn damit ein Gefühl von Angst und Verlassenheit beschrieben ist, ja, dann hatte ich Angst, aber eine namenlose, die sich anders anfühlte als alle mir bislang bekannten Ängste. Irgendwo habe ich mal gelesen, dass neugeborene Kinder im Augenblick, da sie dem Mutterleib entschlüpfen, vermutlich eine Urangst empfinden, die das ganze Leben in ihnen bleibt, aber nie bewusst wird, eine Urangst vor der Welt oder vor dem Sein, nennen wir sie meinetwegen eine »ontische« Angst – so ähnlich. Vielleicht sollte ich hinzufügen, dass ich mich nicht erinnern kann, in diesem beginnenden »Endkampf« (vom »Endsieg« wurde ja bald kaum mehr gesprochen) jemals Angst gehabt zu haben, und gerade deshalb glaube ich, dass sie riesig gewesen sein muss, die Angst, von der ich nichts weiß.

Oliver Storz

In der Abenddämmerung wurde unser ganzes Aufgebot in Holzvergaser-LKWs zu den Unterkünften in verschiedenen Dörfern verfrachtet, wo in Scheuern, ehemaligen Wirtssälen und ausgeräumten Schulen Strohschütten bereitet waren, auf die wir uns alsbald in Bewusstlosigkeit fallen ließen. Einmal, tief in der Nacht, musste ich raus und fand in der dunklen Wirtschaft, in deren Tanzsaal wir kampierten, die Toilette nicht, ging also in den Hof. Es hatte aufgeklart, im Südwesten wetterleuchtete es, dann von sehr fern wie Donnerrollen: das Wummern der Front. Auf dem Rückweg traf ich Knuffke, der eine rauchen wollte. Wir standen eine Weile, lauschten und qualmten (die strohige »Sondermischung Typ 4«, zu kaufen gegen Abgabe von Raucherpunkten, die Knuffke seinem Onkel zu klauen pflegte). Weiterhin das kurze Hellwerden des Südwesthorizonts über den Vogesen, dann das schwache Wummern. Knuffke, kundig geworden durch das Einschätzen der Entfernungen von Bombenteppichen in Berlin, sagte: »So weit sind die nich' mehr weg, wie se im Wehrmachtbericht behaupten.«

Die Freibadclique

»Was glaubste, wann die hier sind?«

»Wat weeß icke? Kommt druff an, wie eilig se't ham. Je mehr Zeit se sich lassen, desto wen'jer Verluste hamse.«

»Wieso?«

»Is doch klar: Die Unsern bring' immer wen'jer Nachschub nach vorn von wejen die Luftanjriffe, wa? Und die Amis ham det Problem ja nich'.«

Er trat seinen winzigen Zigarettenstummel aus und wollte wieder ins Haus.

Ich hielt ihn auf: »Knuffke, mal ehrlich, was meinst du, is der Krieg schon verloren?«

Er sah mich lange an, mit großem Ernst, dann grinste er: »Nee. Wir werden siejen, weil wir siejen müssen – det weeßte doch, Junge.«

Der nächste Tag war wahrscheinlich der schönste in Zunges Leben. Wir hatten arbeitsfrei, weil Wehrmacht und Partei sich noch nicht ganz einig waren über den genauen Verlauf der Schützen- und Panzergräben, die auszuheben waren. Auch hatte unser neuer Chef, also der lange Stricker (per Ärmelstreifen auf der Uniformjacke als »Sonderführer« ausgewiesen), eine Menge zu besprechen mit der örtlichen Leiterin der NS-Frauenschaft, vor allem organisatorische Fragen der Verpflegung und sonstigen Betreuung der »Truppe«, wie Stricker unseren Haufen gerne nannte. Klar: Wenn wir »Truppe« waren, dann erhob ihn das vom HJ-Gebietsführer in den Status eines Militärs, woran ihm und seinesgleichen sehr gelegen war, je näher das Ende rückte – nicht mehr lange, dann würden die Strickers Feldgrau tragen und Offiziersrang haben, was sich, wenn alles aus sein würde, wesentlich vorteilhafter machen könnte als die Dienstgradbezeichnung eines NS-Funktionärs.

Aber nun zum Zungenkuss: Der war uns, die wir nur schwer von unseren Schütten hochkamen, vorausgeeilt auf einen umfänglichen Erkundungsgang durchs Dorf, und wir trafen ihn später an diesem sonnenlichtdurchfluteten Fast-noch-Sommertag im Zustand der Euphorie an, denn er hatte eine sensationelle Entdeckung gemacht: Wir wohnten in einem Dorf, in dem es so gut wie keine Männer gab. Sah man von ein paar zahnlosen Greisen und einem leibarmen NS-Zellenleiter ab, so gab es hier

Die Freibadclique

nur Frauen, denn die wehrdiensttauglichen Männer standen im Feld, und die Älteren sowie die Jungs in unserem Alter waren – genau wie wir – zum Schanzen eingesetzt, jedoch in einem entfernteren Linienabschnitt, wodurch vermieden werden sollte, dass sich ständig ein paar Grabenschipper nach Hause verdrückten. Gott Eros – so sagte Zunge es nicht, aber er meinte es –, der Liebesgott, hatte uns tatsächlich an einen Ort geführt, in dem ideale Bedingungen für seine strategischen und taktischen Erwägungen in puncto puncti herrschten. Ich habe Heiner Kuss, den ich seit Kindergartenzeiten kannte, nie so glücklich gesehen.

Zunges erster Bericht, den wir zunächst für eine der Begeisterung entsprungene Übertreibung hielten, bestätigte sich uns in den nächsten Tagen: Frauen, Frauen, Frauen – von den Rotzgören über die BDM-Mädels und Arbeitsdienstmaiden bis zu den Vollerblühten und Überreifen: Frauen in den Sanitätsbaracken und Flickstuben, an Teekesseln und Gulaschkanonen, in Amtszimmern und leer gesoffenen Dorfkneipen, in Scheunen, Kuhställen, Waschküchen und Läden, auf den Feldern (sofern die Tiefflieger es zuließen), bei der Tabak- und Kartoffelernte, beim Pflügen und Eggen, überall. Sie begegneten uns freundlich, wenn auch vielleicht mit der traditionellen elsässischen Zurückhaltung, die schon über den Rhein herüber ausstrahlen mochte auf deutsches Grenzgebiet: Würden sie nicht alle zusammen in absehbarer Zeit französisch oder amerikanisch sein? Sie schufteten wie die Zugtiere. Und sie schienen zu warten, das spürten wir. Sie alle warteten, und dass wir es bestimmt nicht waren, auf die sie gewartet hatten, das spürten wir auch – bis auf Zunge, der das auf seine Art sah und von »ganz natürlichen Anlaufschwierigkeiten« sprach, aber der war eben ein Spinner. Wenn ich jedoch ehrlich sein soll: Auch wir »Normalen« bastelten uns insgeheim undeutliche Wünsche und Hoffnungen zusammen, dass sich vielleicht doch etwas machen ließe bei der einen oder anderen, irgendwann und irgendwo im Wald und auf der Heide, besser natürlich in einem kuhwarmen Stall, jedenfalls eine Veranstaltung, in deren Verlauf man das Gefühl bekommen könnte, doch erwartet worden zu sein, wenigstens ein bisschen.

Die Freibadclique

Insgesamt waren wir natürlich komische Figuren, und dies in zweifacher Hinsicht. Man stelle sich vor: Da buddeln ein paar Hundert Fünfzehnjährige (allein in unserem Abschnitt) acht Wochen lang im Erdreich, marschieren morgens vor Tagesanbruch kilometerweit in die Stellungen und abends nach Einbruch der Dunkelheit zurück auf ihre Strohlager, um unverdrossen immer noch zu träumen von Rendezvous und maskuliner Bewährung. Die Ernährung unzureichend bis zuweilen hinfällig, weil kaum mehr Nachschub durchkommt wegen der Jabos, und da fangen die Jungs an, alles Fressbare aus den Äckern zu holen, Kartoffeln, Rüben, Mais, alles, und mit schmutzigem Wasser zu kochen. Nachts klauen sie den Tabakbauern die trocknenden Blätter von den Hausgiebeln und rauchen mit dem Kraut gegen den Hunger an – es wirkt doppelt, der Hunger schläft ein, das Gedärm erwacht zu unkontrollierbarer Lebhaftigkeit und wird entleert in die Maisfelder beiderseits der Schützengräben, wo die gelben Stengel mannshoch stehen – und immer noch, um mit Zunges Vokabular zu sprechen: »Holzauge sei wachsam, was ist im Angebot?«

Oliver Storz

Noch komischer ist, dass alles für die Katz war. Ich höre noch die Stimme des alten Pionierfeldwebels aus Stuttgart-Zuffenhausen, der uns im Stellungsbau unterwies, sich aber gegen die Partei mit seinem Hinweis, die Gräben liefen viel zu dicht am Flussufer, nicht hatte durchsetzen können: »Grabet no, grabet no, des fällt alles wieder z'samm'.« Und einmal hörte es auch der Sonderführer Stricker, der auf »Inspektion« war, sein Krad auf einem Feldweg gelassen und sich durch die Maisstengel angeschlichen hatte, und er hörte auch noch, wie der Feldwebel sagte: »In die Gräbe geht kei' Landser nei, wenn'r net im Grundwasser versaufe will.« Und Stricker, der Anweisung hatte, »keinen Fußbreit Heimaterde« freiwillig preiszugeben, Stricker schrie: »Das ist Defätismus, Mann!« Und der alte Kommissbeutel sagte zu dem Jungfunktionär: »Noi, des isch Realismus, du Rindviech.« Stricker verschwand ohne ein weiteres Wort, aber nach drei Tagen fand der Feldwebel sich in Marsch gesetzt Richtung Westvogesen, wo die Amerikaner sich die Taleingänge freikämpften für den Durchbruch zum Rhein.

Die Freibadclique

An einem Samstag Mitte Oktober – der Wehrmachtbericht sprach inzwischen (verspätet!) vom Kampf um die Passhöhen der Vogesen – gastierte ein Wanderkino im einzigen nicht von der »Truppe« belegten Wirtssaal des Dorfes. Entgegen unserer Gewohnheit gingen wir nicht als Clique hin, sondern einzeln. Es hatte wohl jeder einen »Angriff auf Sehrohrtiefe« im Sinn – ich glaube, es hat mich schon damals geärgert, dass wir immer noch diese kindischen Militärmetaphern gebrauchten, wenn's um Mädchen ging –, oder ist das wieder Wunscherinnerung? Egal, es gab zwei Vorstellungen, die beide überfüllt waren, vor der zweiten um 15.30 Uhr gelang es mir, einen Stuhl sehr weit hinten zu erobern, fast unter dem Projektor. Rechts neben mir, notgedrungen auf Tuchfühlung wegen der Enge, Knie an Knie, Schenkel an Schenkel, die – wie soll ich sagen: Frau? Dame? Jedenfalls kein Mädchen, Ende zwanzig vielleicht, aschblond, kurzes, welliges Haar, fast Herrenschnitt, wenn dies das richtige Wort ist, ganz gegen die lange, dauergewellte Mode, die es den Frauen auch erlaubte, alles mit geknüpftem Kopftuch nach oben zu binden (»Entwarnungsfrisur«

hieß das: »Alles nach oben!«), nein, herrenmäßig, edel im Profil, das sie nach einem knappen Seitenblick auf mich dauerhaft zeigte. Graues Kostüm aus teurem Tuch (Mangelware), leichter Geruch nach Kölnischwasser (auch Mangelware), ihr linker Oberschenkel an meinem rechten übertrug Wärme, oben war ich natürlich Luft für sie und blieb es.

Das Saallicht erlosch: Wochenschau, Hauptfilm, von dem ich nichts mehr weiß. Im geliebten silberdämmrigen Kinolicht kam ich von diesem Profil nicht los, das in der Schummerbeleuchtung noch aristokratischer wurde oder jedenfalls das, was ich mir damals darunter vorstellte. Dass ich mehr sie anschaute als den Film, kann ihr nicht entgangen sein, sie nahm es aber selbstverständlich nicht zur Kenntnis. Dann plötzlich ihre linke Hand auf meinem rechten Knie, nicht mehr als ein zufälliges Streifen natürlich, nur war unklar, welcher Zufall diese versehentliche Berührung ausgelöst haben sollte. Ich befand mich sofort im Zustand größter Verlegenheit: Was tun? Man will ja nicht unhöflich sein – ich streifte also zurück, über *ihr* Knie (die Rockmode war ziemlich kurz gegen Ende des

Die Freibadclique

Krieges), das sich seidenbestrumpft (Mangelware!) anfühlte. Sie blickte unbeirrt auf die ungünstig gebeulte Leinwand. Beim zweiten Anlauf ließ ich die Hand liegen, gewärtig, umgehend eine zu fangen, aber es geschah nichts, sie sah auf die Leinwand, womöglich noch konzentrierter als zuvor. Wieder eine Frage der Höflichkeit: Sollte ich es dabei belassen, die Hand unbewegt auf ihrem Knie zu halten? Gehörte es sich jetzt nicht anstandshalber, mit aller gebotenen Zurückhaltung einen Versuch anzudeuten, mit der Hand zwischen ihre geschlossenen Knie zu kommen? Oder würde es dann die Ohrfeige setzen, die vorher unterblieben war? Die Knie öffneten sich um ein Weniges, dann wurde der Weg nach oben langsam gangbar, schließlich so breit, wie es der enge Kostümrock irgend zuließ. Ich spürte Seidenes, Mangelware, wie ich es noch nie gefühlt hatte, und darunter tropisches Klima, untrockene Hitze, Dschungel. Die obere Dame folgte jedoch nach wie vor aufmerksam der Filmhandlung, eine Haltung, wenn ich es so nennen soll, die sie auch nach dem Kino, im weiteren Verlauf des frühdunklen Spätnachmittags, beibehielt, nur dass dann der Gegenstand ihres Interesses natürlich gewechselt hatte: Es war ein Foto.

Das silbergerahmte Lichtbild steht neben ihrem Bett auf dem Nachttischchen und zeigt einen jungen Fliegeroffizier, Oberleutnant, Ritterkreuz, der mit einem Siegerblick wie nach dem zigsten Feindabschuss in die Kamera lacht. Über die linke obere Ecke steht quer geschrieben: Meiner liebsten Britta von ihrem Manni.

Britta also. Wer Manni ist oder war – Geliebter, Verlobter, Gatte? –, teilt sie nicht mit, wozu auch? Und was ich über sie selbst erfahre, hat in einem Satz Platz: Stabshelferin im Luftgaukommando Paris, bei Annäherung der Alliierten aus Wehrmachtsdiensten entlassen in ihre Heimatstadt Mannheim, von deren fortgeschrittener Zerstörung durch die schweren Angriffe im Juli und August sie erst unterwegs erfährt, daher ausgewichen zu Verwandten nach Offenburg, durch deren Vermittlung sie hier untergekommen ist, in einer Dachkammer des Lehrerhauses.

Jetzt sitzt sie auf dem Bett, später liegt sie darin, halb unter mir, halb auf der Seite zum Nachttisch

Die Freibadclique

hin, und lässt den Oberleutnant nicht aus den Augen. Nacktheit gönnt sie mir nicht, will sie auch von mir nicht, nur unser beider untere Zone, die der Entkleidung zwingend bedarf, wenn etwas geschehen soll, ist frei, doch unsichtbar unter der Decke. Dass etwas geschieht, duldet sie, nein, will sie, bleibt aber versunken in den Anblick des Fliegerhelden, dessen Ersatzmann ich bin – welche Ehre. Ist es ihr Laster, kleine Jungs zu demütigen? Oder ist alles ganz anders? Weiß sie, wie sehr sie mir hilft? Ist alles nur eine Inszenierung, um es mir leicht zu machen? Wenn es so ist, muss sie gespürt haben, mit welch wachsender Angst ich ihr in dieses Haus gefolgt, hinter ihr die Treppe hinaufgestiegen bin, immer drauf und dran, umzudrehen und davonzulaufen vor einer Wirklichkeit, die, je näher sie rückte, desto mehr drohte als lockte. Dann muss diese Britta (ihren Nachnamen habe ich nicht erfahren, so wenig wie sie den meinen), dann muss sie auch vorausgesehen haben, dass mir mit liebevoll-mütterlicher Ermunterung oder gar Unterweisung nicht geholfen sein würde, denn die darin enthaltene Verpflichtung zur Dankbarkeit würde mich eher lähmen als stimulieren, aber so wie es jetzt ist, dass es eigentlich gar nicht um mich geht, sondern um diesen immer penetranter ins Zimmer lachenden Ritterkreuzritter – das ist wunderbar befreiend, entpflichtend, fühlt sich an wie eine ausgefallene Schulstunde, in der eine Mathearbeit gedroht hat, ich kann nichts falsch machen, denn ich bin ja als Person nicht vorhanden, nur als anonyme Hilfskraft, die eben tut, was sie kann. Es scheint das Richtige zu sein, zumindest das Ausreichende. Als sie kommt, fahren ihre Beine zusammen wie unter einem elektrischen Impuls und entlassen mich dann in Gnaden, möchte ich sagen – übrigens lange bevor ich damit gerechnet habe und in die Not des Aufpassenmüssens geraten bin. Britta versteht das Handwerk und beweist fachkundige Sachlichkeit, zumal da sie jetzt den Blickkontakt mit ihrem schamlos feixenden Oberleutnant nicht mehr braucht.

Ich habe es fertiggebracht, Fragen zu unterlassen wie: »Warum grade ich?« oder: »Hätten Sie es mit jedem gemacht, der grade neben Ihnen gesessen wäre?« Ich habe mich nur höflich bedankt. Und sie hat gesagt: »Ganz meinerseits.«

Die Freibadclique

Auf dem Rückweg ins Quartier hatte ich einen prophetischen Augenblick. Ich glaubte vorauszusehen, dass mir die Begegnung mit Britta deutlicher, länger im Gedächtnis haften würde als manches hoffentlich noch bevorstehende romantischere Tête-à-tête. Genau so ist es auch gekommen.

Am Sonntagmorgen wurde kurzfristig ein Appell angesetzt, bei dem Stricker für die Mittagszeit wichtigen Besuch ankündigte: Ein hochdekorierter Frontoffizier der Waffen-SS werde erscheinen und im Rahmen eines kameradschaftlichen Beisammenseins von seinen Erlebnissen an der Ostfront erzählen, für eine Mahlzeit werde gesorgt. Er – Stricker – erwarte selbstverständlich vollzähliges Erscheinen, auch wenn dies angesichts der vergangenen harten Arbeitswoche nicht unbedingt Pflicht sei.

Ich schaute Bubu an, wir schauten Knuffke an, dann Zunge und den Hosenmacher. Der Fall war klar: Sie hatten die Taktik geändert. Keine Drohungen mehr, sondern gemütlichere Töne fürs Erste. Dennoch würde es auf eine Freiwilligenwerbung hinauslaufen, und jeder Unwillige würde unter

Oliver Storz

Druck gesetzt werden. Bubu und ich beschlossen, uns rechtzeitig aus dem Staub zu machen, möglichst weit weg. Die Alternative wäre gewesen, krank zu werden und im »Bett« zu bleiben, aber das schien uns zu riskant. So wie wir Stricker einschätzten, würde der sich ein Vergnügen daraus machen, in den Unterkünften herumzugeistern und »Drückeberger« aufzustöbern, mochte er auch noch so treuherzig die Freiwilligkeit der Veranstaltung betont haben. Wir meldeten uns nach dem Frühstück in der Küche einsatzfreudig zum Spüldienst, und Bubu, der eine nahrhaft-freundschaftliche Beziehung zu einer der Kochmaiden unterhielt, erbettelte uns ein ansehnliches Paket mit belegten Broten. Es herrschte ruhiges, sonniges Herbstwetter, gerade richtig für einen Ausflug. Knuffke, Zunge und der Hosenmacher, denen nichts mehr passieren konnte, weil für sie ja schon bei der Backnanger Pleite alles passiert war, beschlossen, den Tag zu verpennen, und kehrten aufs Stroh zurück.

»Tom Shark« und »Rolf Torrings«: Das waren die Helden von Detektiv- und Abenteuerheftchen, wie sie noch in den ersten Kriegsjahren (bis zum Verbot

Die Freibadclique

wegen Papierknappheit und fehlender nationaler Gesinnung) massenhaft unter der »heranwachsenden Jugend« in Umlauf waren, trivialste Literatur, Urahnin der heutigen Vorabend-Fernsehserien und sicher ungleich naiver, märchenhafter als diese. Bubu besaß davon eine ganze Bibliothek und hatte eine Auswahl mitgebracht. Wir hockten in einer windschiefen, von Tieffliegergeschossen durchlöcherten Feldscheune, fraßen unsere Brote in uns hinein und schlichen mit Tom Shark durch Soho oder fuhren mit Rolf Torrings über den Kongofluss. Es war gemütlich und wurde irgendwann ungemütlich – Motorradgeknatter, näher kommend und immer unverkennbarer: Strickers verfluchtes Beiwagenkrad, mit dem er seine gefürchteten Inspektionsfahrten unternahm. Noch war nichts zu sehen, aber es war klar, dass er jeden Augenblick auf einem Forstweg in Sicht kommen musste, der nicht weit von unserer Scheune ins freie Feld mündete. Wir rafften eilig unser Zeug zusammen, stiegen durch das scheibenlose hintere Fenster, rannten zu einem Laufgraben am Flussufer und gingen in Deckung.

Am Waldrand erschien und hielt: das Motorrad, Stricker am Lenker, daneben im Beiwagen die NS-Frauenschaftsleiterin, von uns »Dolores« genannt, denn sie war eine südbadisch-spätblühende, schwarzhaarige Beauté, ein Frauentyp, wie man sich ihn auch in Filmen wie *Stern von Rio* hätte vorstellen können, nur hätte sie dazu gute zwanzig Jahre jünger sein müssen.

»Des is' stark«, flüsterte Bubu, während der Sonderführer vom Sattel stieg, »wirst sehen, der geht in die Scheuer mit ihr.« Stricker half Dolores galant aus dem Beiwagen, schob die Karre dann in ein Gebüsch, und das Paar – wenn es denn eines war – ging ein Stück schräg übers freie Gelände auf ein Maisfeld zu. Bubu konnte sich kaum halten –

»Der geht in den Mais mit ihr! Is' das zu fassen? Der muss doch wissen, dass da alles verschissen is'!«

»Das kann nicht sein – is' überhaupt komisch, dass der um die Zeit in der Landschaft rumkutschiert, wenn doch der SS-Heini da is' und von der Front erzählt. Das lässt der sich doch normal nicht entgehen, dass er mit so einem wichtig tun kann...«

Die Freibadclique

»Na hör mal, die altgermanische Spruchweisheit: Wenn der Schwanz steht, is' der Verstand im Arsch.«

Unterdessen war das Paar, die Richtung ändernd, einen flachen Abhang hinaufgestiegen und verhielt dort. Offensichtlich ging es Stricker darum, einen Punkt zu erreichen, der gute Übersicht bot und ihm zum Feldherrnhügel taugte. Seiner umgehängten Kartentasche entnahm er (vermutlich) einen Lageplan, entfaltete ihn, und Dolores musste den einen Rand halten, damit Stricker einen Arm frei hatte, um mit bedeutend-ausgreifenden Gesten das Verteidigungssystem des Abschnitts zu erläutern. Wir mussten noch tiefer in Deckung, um sicher zu sein, von dem Sonderführer nicht gesehen zu werden, wenn er sich in unsere Richtung drehte. Ich konnte aber doch noch ein hübsches Herbstbild auf den nässenden Grund des Grabens mitnehmen: In Dolores' straff nach hinten gerafftem schwarzen Haar spiegelte sich die Sonne, und da diese es sich nicht raussuchen konnte, ließ sie auch den rötlichen Flaum auf Strickers Schädel leuchten, das Rotbraun ihres Jankers, das Graubraun seiner Uniformjacke, seitlich das mattgold schimmernde Maisfeld, all dies vor dem Hintergrund des Waldrands, in dem die Buchen glühten – welch prachtvolles Arrangement, in dem sich dieser (womöglich selbst ernannte) Sonderführer kostenlos bewegen durfte, Seit' an Seit' mit einer so dekorativen Dame, die freilich fast seine Mutter hätte sein können. Falls da wirklich etwas war mit Stricker – woran ich im Gegensatz zu Bubu immer noch zweifelte –, würde Dolores vermutlich eines Tages zwei Dinge erklären müssen: Wie verantwortete sie das ihrem Gatten gegenüber, der als Artillerieoffizier an der Italienfront stand? Und – fast noch erklärungsbedürftiger – wie kam sie zu einem so schlechten Geschmack?

Wir lugten wieder vorsichtig über den Grabenrand und sahen das Paar zurück zum Motorrad wandern. Er hatte inzwischen den Arm um ihre Schulter gelegt, sie den ihren um seine Hüfte. Mir verfinsterte sich die Sonne für einen Augenblick: Sie waren tatsächlich ein Paar. Der verkniffen-spitzknochige Mann musste verborgene Fähigkeiten besitzen, um die er vielleicht zu beneiden war.

Die Freibadclique

Der Abend brachte der »Truppe« Strafexerzieren. Stricker jagte uns anderthalb Stunden lang über den Dorfsportplatz mit »Fliegerdeckung!« – »Sprung auf marschmarsch!« und so weiter –, seine Rache für eine so geringe Teilnahme am kameradschaftlichen Beisammensein mit dem aus Freiburg angereisten Hauptsturmführer, dass dieser sehr bald verärgert weitergefahren war nach Karlsruhe, wo er die nächste Veranstaltung hatte.

In der Nacht geflüsterter Kriegsrat der Clique von Schütte zu Schütte:

Bubu: »Wir könnten es dem Arschloch heimzahlen – vögelt mit der Alten rum, und ihr Mann is' Frontoffizier, wenn das rauskommt...«

Knuffke: »Wat ihr jesehn habt, det reicht nich'. Da müssten wa schon dickere Dinga bring'...«

Zungenkuss: »Mensch, macht bloß kein' Aufstand jetzt! Das kann ich nich' brauchen – da is' 'ne Einheit vom weiblichen RAD im Anmarsch, die wern jetzt auch zum Schanzen eingesetzt, ganz in unsrer Nähe...«

Hosenmacher: »Woher willst'n das wissen?«

Zungenkuss: »Geht dich nix an, halt du lieber

die Klappe und penn' weiter – auf jeden Fall sollen da dufte Bienen dabei sein. Stell dir mal vor, du bist mit so einer am Schippen, und dann Tiefflieger, volle Deckung im Graben mit der – dann passiert's, Mann, dann passiert's!«

Passiert ist dem Zungenkuss dann etwas anderes: Zwar war ein Tiefflieger beteiligt, aber leider keine dufte Biene. Nach Frühnebel ein Morgen von fast bestürzender Klarheit. Der Strom führte noch eine Dampfschicht, die dergestalt leuchtete, dass man hätte fromm werden mögen. Gegen zehn kamen sie von Nordwest, sehr hoch, in tadellosen Formationen, fast sanft ihr Dröhnen, fast ein Singen: Viermotorige, Flying Fortresses und Liberators, wir hockten in den Gräben und zählten sie, bei sechshundert herum hörten wir auf, es waren bestimmt doppelt so viele. Voraus und um sie her fliegend der Jagdschutz, Schwärme kleiner Silberfische. Wir glotzten verzaubert da hinauf. Wir waren nur noch Augen und Münder, die offen standen und immer wieder murmelten: »Mein lieber Mann...« Soviel ich mich erinnere, kein Gedanke

Die Freibadclique

daran, welche Hölle sie Menschen bereiten würden in Stuttgart, München, Wien oder wo immer es diesmal hinging. Ich weiß nicht mehr, was wir dachten, wahrscheinlich gar nichts. Wir waren bloß platt.

Wie das mit Heiner Kuss passiert ist, habe ich nicht genau mitgekriegt. Der Dünnschiss muss ihn aus dem Graben getrieben haben. Er ist dann wohl etwas storchenartig in dem verkackten Mais herumgestakst, um einen sauberen Fleck zum Hinhocken zu finden – ich höre nur noch die Mustang herunterheulen aus der Sonne. Hatte mit der Bomberflotte gar nichts zu tun, die war ja schon viel weiter östlich, fast außer Sicht. Und dann die Leuchtspurfäden ins Maisfeld hinein, und schon zog der Pilot wieder hoch, verschwand in steiler Kurve südlich. Wir fanden den Zungenkuss in Hockstellung seitlich gekippt, die Hose in den Kniekehlen, sein Hals war aufgerissen, oder eher: Der Hals fehlte, dafür war Blut im Überfluss da.

Wir hatten schon einige Tieffliegerangriffe erlebt, aber es war bisher nichts passiert. Unser Eindruck war, dass es den Jungs dort oben nur Spaß machte, zu sehen, wie wir uns hinschmissen. Ob sie jemanden trafen oder nicht, schien ihnen unwichtig zu sein. Dass es den Zunge ausgerechnet auf dem Weg zum Kacken erwischte, hat uns doppelt geschmerzt, viel lieber würde ich schreiben, dass es geschah, als er unterwegs war, um diese sagenhafte Einheit toller Frauen aufzuspüren. Das wäre ein ihm gemäßer Tod gewesen.

Stricker wollte einen germanischen Totenkult mit Pimpfentrommeln und -fanfaren veranstalten, aber der angereiste Friseurmeister Kuss (die Frau lag unter Schock im Krankenhaus) hatte unseren Stadtpfarrer Glockengast mitgebracht, und so kam es nur zu einer evangelisch-leisen Beerdigung mit »Befiehl du deine Wege...«. Unsere Clique war natürlich da, mehr Leute wollte der Friseur nicht zulassen. Stille Sensation: Knuffke hatte Tränen, der Hosenmacher nicht. Beim Hinausgehen sagte Knuffke: »Et wird Zeit.«

Am folgenden Samstag fand ein Abendsingen der örtlichen Jungmädelspielschar statt mit Liedern von »Mägdelein« und »Blümelein« und »Schätze-

Die Freibadclique

lein« – hübsch, aber viel zu lang. Sonderführer Stricker hatte sich bei der Chorleiterin krankheitshalber entschuldigen lassen, da ihn jählings eine böse Halsentzündung niedergeworfen hatte, und der Chor sang ihm zu Ehren einen Kanon mit dem Eigenbautext: »Wer einmal krank liegt, bleibe dennoch guten Mutes, / wir wünschen dir, du stolzer Mann, viel Gutes, ja viel Gutes.« Dolores, die Spätschöne, war zugegen – erstmals sahen wir auf ihrem dunklen Kostüm das Parteiabzeichen glänzen –, nach der Pause aber konnten wir sie nirgendwo mehr entdecken. Ich sah Bubu an, wir sahen Knuffke an und so weiter: konnte Zufall sein. Oder?

Der reine Zufall war es jedenfalls sicher nicht, der uns im späteren Verlauf des Abends diskret in den Hinterhof der Gastwirtschaft führte, in der Stricker im Hochparterre sein »Stabszimmer« und angrenzend ein Schlafzimmer bewohnte. Das Stabszimmer schien dunkel, während im Schlafzimmerfenster ein schmaler Spalt Licht zwischen Fensterrahmen und schief hängendem Verdunkelungsrollo zu sehen war. Dieser Lichtspalt erwies sich als so anregend, dass Bubu fast wie von selbst auf die Schultern des großen Knuffke geriet und hineinspähte. Der einzige wirkliche Zufall in der ganzen Geschichte war, dass der kleine Ausschnitt, den Bubu vom Zimmer sehen konnte, genau das Bett preisgab, in dem der kranke Stricker lag und auf ihm Dolores, die ihn offensichtlich mit einer Schwitzkur zu kurieren versuchte, die Methode war aber – laut Bubu, der lautlos von Knuffkes Schultern sprang – eher kavalleristischer als medizinischer Natur.

»Los, schnell ruff uff meene Schulter«, sagte Knuffke zum Hosenmacher.

»Ich, wieso ich? Ich bin der Kleinste, ich komm da gar nicht hin.«

»Dann streck dir ebent, zwee Zeujen sind besser wie eener, und du bist SS-Freiwilljer, det macht dir glaubwürdjer, wenn's druff an kommt.«

Wir halfen dem Hosenmacher hinauf. Er stand auf Knuffkes Schultern und angelte mit den Händen nach dem Fenstersims, dann zog er sich auf die Zehenspitzen und konnte grade eben durch den Spalt sehen. Die Schwitzkur dauerte noch an, teilte er mit.

Die Freibadclique

Ziemlich früh am nächsten Morgen meldete sich die Clique geschlossen beim Sonderführer im Stabszimmer als arbeitsunfähig wegen Halsentzündung. Stricker saß in Bademantel und Wollschal hinterm Schreibtisch. Die Tür zum Schlafzimmer stand halb offen, und ich bildete mir ein, dass die gesamte Räumlichkeit noch einen Hauch von südbadischüppigem Parfüm beherbergte. Stricker wollte schon aufbrausen: »Ihr elenden Memmen –«, dann hielt er inne, unsere Blicke müssen ihm merkwürdig vorgekommen sein, und ich bin sicher, dass es Knuffkes leises Lächeln, dieses einzigartige Knuffke-Lächeln zwischen Verlegenheit und Spott, war, das den Ausschlag gab. Stricker wurde besorgt, fast kinderfreundlich, und stellte uns anstandslos Marschbefehle Richtung Heimat aus: »Nix wie fort mit euch, bevor das epidemisch wird!«

Zu Hause hätten wir es gut haben können, die Endwirren zeichneten sich ab: Immer noch keine Penne, da würde auch nichts mehr draus werden, HJ-Dienst entfiel, im Jungbann schien es drunter und drüber zu gehen, man munkelte von HJ-Führern und BDM-Führerinnen, die da nächtens bis spät arbeiteten im Sinne der Parole: »Dem Führer ein Kind!« Seidebrant schien die Übersicht verloren zu haben, doch kam ihm der früh und massenhaft einsetzende Schneefall zu Hilfe: Der Bannführer bäumte sich zu einer letzten Initiative auf und ließ polizeilich beaufsichtigte Sonderräumkommandos bilden, und so entkamen wir dem Schippen nicht, auch wenn es nun Schnee war und nicht mehr der heilige Heimatboden am Westwall, den wir zu bewegen hatten.

Der Weltgeist atmete in Stürmen: Um den 20. November herum gab der Wehrmachtsbericht Kämpfe in Straßburg zu, also kämen die Amis wohl auch bald nach Kehl, unsere Unterkunftsdörfer würden demnächst amerikanisch sein – good bye, Dolores, farewell, Britta. Unsere Schippkameraden waren jedoch rechtzeitig zurückgezogen worden und nach eisenbahntechnischen Irr- und Wirrfahrten heimgekehrt. Was aus Stricker geworden war, wusste niemand. Nun hieß es abwarten, was der »Volkssturm« mit uns vorhatte. Die Russen standen im Süden vor Budapest, im Norden hatten sie die Kurlandarmee abgeschnitten, gesinnungsstarke HJ-Kameraden, die einst die Befürchtung geäußert hatten, der Krieg würde siegreich beendet sein, bevor sie mitwirken könnten, zeigten sich einsilbig.

Im Kino lief *In flagranti*, eine Nettigkeit mit der jungen Margot Hielscher, die da sogar ein Liedchen mit ein bisschen Swing sang. Die Reichsmusikkammer musste wieder mal gepennt haben. Zwei Reihen vor uns glaubte ich plötzlich Lore zu erkennen, Lore blitzblankblau, aber sie konnte es nicht sein, denn sie war, wie Bubu erfahren hatte, inzwischen zu einer Flakbatterie nach Mannheim abkommandiert worden.

»Det kommt nich wieder«, sagte Knuffke.

Es war der Abend des 4. Dezember. Auf dem Heimweg schnupperten Bubu und ich in der sanften Weststromung der Luft: Brandgeruch, Asche, Tod.

In den Spätnachrichten von BBC erfuhren wir: Während wir im Kino saßen, war – vierzig Kilometer Luftlinie entfernt – die alte Reichsstadt Heilbronn gestorben. Lebwohl, Käthchen.

IV

Jetzt hatten sie uns endgültig. Und sie würden uns nicht mehr hergeben bis zum Ende der Vorstellung, das war klar. Sie hatten uns in der Klosterbergkaserne außerhalb der Stadt flussaufwärts auf einem Hügel, den einst ein Kloster krönte. Sie hatten uns am Kragen von morgens um sechs bis abends um sechs, und sie hatten uns die meiste Zeit am Boden, robbend, krabbelnd, schleichend, tief in den Schlammpfützen der geliebten Heimaterde, die aufgeweicht war vom frühen Tauwetter Mitte Februar 1945, »Bewegung im Gelände« hieß das. Sie hatten uns, wann und wie sie wollten – wer »sie«?

Schon das ist nicht so leicht zu beantworten, denn wir hatten zwei Besitzer, die sich selten einig waren, wem wir mehr gehörten: der Wehrmacht oder der Partei. Natürlich gehörten wir in erster Linie dem

Führer, das sowieso, der schwebte ja über allem, obwohl er körperlich in seinem unterirdischen Bunker zu Berlin saß, zehn Meter tief, eine vier Meter dicke Betonschicht über sich. Wir waren sein letztes Aufgebot, ein Ausdruck, der verboten war, offiziell waren wir das dritte Aufgebot, denn es konnten ja noch mehrere kommen, die Vorstellung war noch lange nicht zu Ende, zum Schluss kämpften in den Straßen von Berlin Zwölfjährige mit, aber natürlich auch Siebzigjährige, Kinderschule und Altersheim – wir alle waren das Volk und hießen deshalb »Volkssturm« nach der Parole, die der groß-kleine Vorsänger Goebbels im Berliner Sportpalast angestimmt hatte: »Nun, Volk, steh auf, und Sturm brich los…«

Bubu und ich – wir fühlten uns als Volk nicht sonderlich wohl, doch muss gesagt werden, dass wir, wenn schon Volk, der Wehrmacht noch lieber gehörten als der Partei, die uns jedoch bei jeder Gelegenheit gerne zeigte, dass wir ihr ein bisschen mehr gehörten als der Wehrmacht. Wenn uns die Militärausbilder abends in Ruhe ließen und beim Bier saßen, setzte die Partei eine Schulungsstunde an zu Themen wie »Mein Beitrag zum End-

Die Freibadclique

sieg« oder »Gesinnung als Waffe im Endkampf«, worauf die Kommisshengste natürlich am nächsten Abend nachziehen mussten mit »Waffenkunde als Grundlage militärischer Erziehung«. Wer einschlief, musste pumpen, also mit Gewehr (so er eines hatte, sonst mit Stuhl) »in Vorhalte« Kniebeugen machen, bis zu hundert, was selten einer schaffte, ohne umzukippen. Manchmal sagte Bubu zu mir oder ich zu Bubu: »Der Zungenkuss hat's gut in seinem Grab, der hat die Scheiße schon hinter sich.« Auch gedachten wir gelegentlich nicht ohne Wärme der spätschönen Dolores, die den Sonderführer Stricker wohl so manchen Abend davon abgehalten hatte, Schulungsstunden mit uns zu veranstalten. Der Mann – das musste man ihm nachträglich bescheinigen – hatte zumindest einen Sinn für Prioritäten gehabt.

Öfters gingen unsere Gedanken natürlich zu Knuffke und Hosenmacher. Mitte Januar waren beide zur Waffen-SS einberufen worden, aber zu verschiedenen Ausbildungseinheiten, der eine nach Kassel, der andere nach Würzburg, wo sie sicher nicht mehr waren. Die schmissen ja jetzt alles gleich an den Rhein, gegen den die Alliierten nun in breiter Front vorrückten.

»Gedanken«? Sagte ich »Gedanken«? Hatten wir überhaupt Gedanken, Bubu und ich? Ich kann mich nicht erinnern, weiß aber noch, dass im Schulungssaal der Kaserne in erdfarbenen gotischen Lettern auf weißer Wand geschrieben stand: DEUTSCHLAND MUSS LEBEN UND WENN WIR STERBEN MÜSSEN. Man sollte denken, dass so ein Heldenspruch damals einen Halbwüchsigen angesichts der Lage entweder todesromantisch beseelt oder aber geängstigt hätte – nichts davon, wir haben das mit leeren Augen gelesen, als hätte da gestanden: »Nicht auf den Boden spucken.« Es ging nichts vor in uns, obwohl uns klar war, dass es denen, die solche Sprüche an Kasernenwände pinseln ließen, jetzt blutig ernst war damit, da absehbar wurde, dass die Front demnächst ausschließlich auf deutschem Boden verlaufen würde, von Osnabrück bis Freiburg. Noch vor einem Vierteljahr mochten »Sieg oder Tod«, »Du bist nichts, dein Volk ist alles« wohlfeile Redensarten gewesen sein, Plakate, die unseren Alltag säumten und nicht beachtet wurden. Jetzt nicht mehr, jetzt war es die blutige Schrift an der Wand, und wir sahen sie nicht. Wir hatten andere Sorgen.

Zum Beispiel: Eine Nacht, schon Anfang März, Frühjahr in der Luft, die Äcker rochen, Bubu und ich hatten Wache am großen Tor.

»Hast du schon mal, ich meine, richtig …?«

»Was heißt ›richtig‹?«

»Na ja so, dass es halt gestimmt hat, alles, auch für sie – es gibt 'n Wort dafür, hat Zunge gesagt, Organismus oder so ähnlich, haste das schon mal geschafft bei einer?«

»Kann schon sein.«

»Und wie haste das gemerkt?«

»Wieso? Was soll das? Das merkt man halt …«

»Man! Wer ist man? Wie hast du's gemerkt, so, dass de sicher sein kannst?«

»Weiß ich nicht mehr.«

»Siehste! Dann hat se dir was vorgemacht. Die meisten machen einem nämlich was vor.«

»Ja, kann sein, wieso is 'n das jetzt so wichtig?«

Schweigen, dann wieder Bubu: »Ich glaub', viel Zeit hammer nimmer, und ich will nich', dass es mir geht wie Zunge.«

»Jedem kann's so gehen wie Zunge, stehst im falschen Moment auf, und ratatata – weg biste.«

»Klar, aber ich will's vorher erlebt ham, wenigstens ein Mal, wie das is, wenn de ... na ja, wenn de 'ne Frau glücklich gemacht hast, und das hat Zunge nich'. Hat bloß gequatscht.«

»So genau weiß man's auch wieder nich', könnte doch sein, dass er ...«

»Ach, hör' doch uff! Wir alle miteinander ham doch keine Ahnung. Was wir da bisher rumgehampelt ham, das war's noch nich', das kann's noch nich' gewesen sein!«

»Na ja, so gesehen ... genau wirste's nie wissen, ob oder ob nich' ...«

»Doch, da muss es was geben, irgendwas, dasse dir nich vorgaukeln könn' ...«

»Gaukeln? Hast du gaukeln gesagt? Gepflegtes Wort, Ausdruck: Note eins!«

»Ach leck mich doch am Arsch!«

Ich glaube, dann war die Ablösung da.

Sie kamen. Sie kamen über den Rhein und sämtliche Nebenflüsse. Sie nahmen Köln und Bonn und

Die Freibadclique

Mainz und Kaiserslautern – wir übten Grüßen ohne Kopfbedeckung, und wenn beim Antreten die Seitenrichtung nicht tadellos war, machten wir »Häschen hüpf« über den ganzen Hof. Wir lernten, in wie viele Teile der Karabiner 98 K »zerfällt«, wir lernten auch Gewehrreinigen, aber wir schossen nicht, weil sie nur – ich glaube belgische – Beutemunition für uns hatten, und die passte nicht in den 98 K, dafür kloppten wir aber Gewehrgriffe bis zum Umfallen. Die Kameraden, die nur Kleinkalibergewehre erwischt hatten, taten sich leicht, weil die KKs leichter waren. Die, welchen man zum Exerzieren Luftdruckgewehre gab, damit sie überhaupt etwas zum Kloppen in der Hand hatten, taten sich noch leichter, weil die »Spatzenkanonen« eben noch leichter waren. Ich bin nicht ganz sicher, aber ich glaube, wir übten auch Paradeschritt.

Gegen Ende unserer »Infanterieausbildung« hätten wir, denke ich, eine brauchbare Ehrenkompanie für Staatsbesuche und Heldengedenktage abgegeben, wenn ein Nebenproblem nicht immer dringlicher geworden wäre: Wir hatten keine Hosen. Sie hatten uns Feldmützen verpasst (nach Gebirgsjägerart, mit breitem Schirm), die uns auf den Ohren saßen, wir ertranken in grauen Kampfblusen (weiße Armbinde mit schwarzer Schrift »Deutscher Volkssturm«), unsere Füße rutschten in zu großen Knobelbechern herum, immerhin solide Ware alles – nur, sie hatten keine Hosen für uns, was misslich war, denn unsere alten dunkelblauen Überfallhosen aus HJ- oder Pimpfenzeiten waren an Knien und Hintern transparent schon bei Dienstantritt und hingen uns nach ein paar Wochen als Fetzen am Leib.

Feldwebel Bierstett, unser Kompaniechef, war aber eher in der Lage, Mädels heranzuschaffen als Hosen, sodass der BDM in der Kaserne eine Flickstube einrichtete, vor deren Tür wir nach Dienstschluss Schlange standen in Unter- oder Turnhosen mit demjenigen überm Arm, was nicht einmal ein Bettler noch als Hose anerkannt hätte. Immer wieder fanden wir es erstaunlich, wie es den Mädels gelang, die schwersten Schäden zu beheben. Gar nicht erstaunlich war hingegen, dass kam, was kommen musste: Es fanden sich die obligatorischen Witzbolde, die auf dem Pappschild BDM-FLICKSTUBE, welches an der Tür der nützlichen Einrichtung hing, immer wieder das L strichen. Da diese Humoristen anonym bleiben wollten, setzte es Strafen für die ganze Einheit: Das fing mit Gewehrpumpen an und ging bis zu Nachtmärschen mit Gepäck – es hörte nicht auf, bis die empörten Mädels es leid waren, immer wieder ein neues Schild zu schreiben, auf ein Firmenschild verzichten wollten sie aber auch nicht – es war ja allmählich zu einer Kraftprobe geworden –, sodass sie schließlich ultimativ mit Arbeitsniederlegung drohten. Dann war Ruhe.

Was sonst noch war?

Ein Jabo-Angriff auf unseren Bahnhof, der in Trümmer ging, wie einige andere Häuser in der Nähe auch. Dorthin karrten sie uns in LKWs zum Schutträumen, doch vorrangig war natürlich das Graben nach Verschütteten. Ich sah zum ersten Mal Tote, vier oder fünf, ein kleines Mädchen in blauem Kleid war dabei, den Mund aufgerissen, als schrie es nach seiner Puppe, die wir entfernt von ihr im Schutt fanden. Ging das mir nahe? Ich weiß es nicht mehr. Es *war* nahe, das auf jeden Fall, sehr nah. Eine Narbe, ein Stück taube Haut, du streichst mit dem

Finger drüber und fühlst die Berührung nicht, und deshalb weißt du, da war einmal eine Wunde, die sehr geschmerzt hat, aber den Schmerz spürst du nicht mehr. Wenn aus der Tiefe der Jahrzehnte der Schmerz noch einmal heraufquellen und die Narben beleben würde – wer könnte das aushalten?

Aus einiger Entfernung sahen wir: vor den Trümmern eines großen Mietshauses SS-Wachen in langen feldgrauen Mänteln, Karabiner umgehängt, derbe Stöcke in der Hand, gelangweilt (wie es aus der Distanz erschien) hin und her gehend, gelegentlich (nicht oft) ebenso gelangweilt oder jedenfalls geruhsam einschlagend auf seltsame Lebewesen, die dort die Eingänge freischaufelten, dünne, gestreifte Gestalten, komische Mützen auf, die herunterfielen, wenn die Schläge Genicke oder Köpfe trafen. Die Mützen schienen denen wichtig zu sein, denn sie hoben und setzten sie sofort wieder auf. Diese groteske Eilfertigkeit der vom Schlag halb Betäubten – das hatte etwas Einstudiertes, Theaterhaftes, völlig Unwirkliches und war doch da, vorhanden im gleichen Realitätsgrad wie alles andere, und kein Himmel stürzte ein, es war schönes Wetter, sanft und blau, »Die linden Lüfte sind erwacht...«, »Frühling lässt sein blaues Band wieder flattern durch die Lüfte...« und was einem halt einfällt an so einem Tag. Zwei von den Gestreiften wurden weggeschickt, wahrscheinlich, um irgendetwas zu holen. Sie kamen im Laufschritt an uns vorbei, der eine mit bloßen Füßen in Holzpantinen, der andere barfüßig mit blutenden Zehen. Wir schauten ihnen nach.

Bubu sagte: »Das sind welche vom Lager.«

»Was für ein Lager?«

»Draußen beim Horst, schon länger.«

»Ein KZ?«

»So heißt es nich', es heißt Arbeitslager. Sollen polnische Juden sein.«

»Partisanen?«

»Keine Ahnung.«

»Aber hier weiß niemand, dass es die überhaupt gibt.«

»Na ja, teils-teils, ich hab's halt gehört, und du jetzt auch.«

Ich glaube, mehr wurde nicht gesprochen darüber. Nie mehr. Dennoch vermute ich, dass ich von diesem Tag an begann, über unsere bevorstehende

Vereidigung auf den Führer nachzudenken. Es gibt ja eine Art Denken, das nichts von sich weiß.

Die Amis kamen von Heidelberg her den Neckar herauf, irgendwann würden sie in Heilbronn sein, und dann hätten sie's nicht mehr weit zu uns. Was wäre dann? Was plante die Wehrmacht mit uns? Was Kreisleiter Sengle, jetzt in Feldgrau und Majorsrang? Feldwebel Bierstett hatte für unsere Kompanie zwölf Panzerfäuste angefordert, drei waren geliefert worden. Der schwere Mann aus Ulm mit der Hohenzollernnase soll in der Zugführerbesprechung resigniert gesagt haben: »Dann liaber gar koine! Mit zwölf hätt' i' was mache könna, mit drei – des isch Selbschtmord!« Er soll aber nicht allzu unglücklich gewirkt haben dabei.

Mit Bubu wieder Doppelposten vor dem großen Tor. Es muss in der letzten Woche vor Ostern gewesen sein, vielleicht am 25. März, die Wache vor Mitternacht. Vom Dorf unterm Klosterberg dringt Männergesang, sentimental und angesoffen: »Unter der roten Laterne von Sankt Pauli ...«, eine durchziehende Batterie der Erdflak ohne Geschütze, der Sonnenwirt muss ihnen ein Fass aufgemacht haben.

Ich zu Bubu: »Kommste mit, wenn ich abhau?«

Schweigen, dann er: »Haste Schiss?«

»Nee, die Schnauze voll. Mein Krieg is' aus.«

»Wenn wir's machen, dann vor der Vereidigung am Freitag.«

»Nee, von hier aus is' zu riskant. Da kommwer nich' weit, weil – da starten se sofort 'ne Suchaktion. Aber irgendwann müssen se uns ja in Marsch setzen an die Front – weiß Gott, wo die dann is', aber das wird auf jeden Fall Nachtmärsche geben, oder wenn tagsüber, dann im Wald von wegen die Tiefflieger, und dann gehnwer ganz unauffällig verloren.«

»Aber am Freitag is doch Vereidigung! Nach der Vereidigung könnwer nich mehr abhauen.«

»Wer sagt das?«

»Du willst den Fahneneid brechen? Das geht doch nicht!«

»Scheiße, nee, das geht wirklich nicht... wieso eigentlich nicht?«

»Der Fahneneid is' heilig, Mann! Da kannste doch

nich' einfach drüber weg. Wenn de geschworen hast, hamse dich, da kannste nix mehr machen.«

»Dann müssenwer die Vereidigung halt schwänzen.«

»Wie denn? Abmarsch von hier, da machense todsicher vorher 'n Zählappell mit Namensaufruf, und dann auf 'm Weg in die Stadt, da kommste aus der Kolonne nich' mehr raus, ohne dass es auffällt.«

»Dann schwörnwer halt nich' mit.«

»Du redest vielleicht'n Kack daher – die da um dich rumstehen, merken's doch sofort, wennde die Schwurhand nich' hebst – was glaubste, was dann los is'? Die ham jetzt 'n Jugenderziehungslager aufgemacht, weiß ich von meim Ollen, das is' nich viel anders als KZ.«

Schweigen. Beim Sonnenwirt drunten singen sie: »Davon geht die Welt nicht unter ...«

Die Musik (wie manchmal im Leben) brachte die Rettung. Am Schwarzen Brett vor dem Esssaal entdeckte ich einen schüchtern-handgeschriebenen Zettel: »Junge Männerstimmen gesucht! Die HJ-Spielschar, mit der musikalischen Ausgestal-

Die Freibadclique

tung der Volkssturm-Vereidigungsfeier beauftragt, braucht dringend einige gute Männerstimmen, um diese ehrenvolle Aufgabe vorbildlich erfüllen zu können. Sangesfrohe Kameraden werden ersucht, sich zur heutigen Probe um 18.30 Uhr im Musiksaal der Zeppelin-Oberschule einzufinden. Gez. Ortrun Puller, Mädelgruppenführerin.«

Bubu und ich erbaten beim Feldwebel Beurlaubung für den Abend, außer uns schien niemand Interesse zu haben, das heißt, doch. Als wir uns schon zackig abmeldeten, kam »Jumbo«, ein Junge, dem sein Spitzname per Ironie zugewachsen sein musste: Er war der Kleinste und Zierlichste von uns allen, kleiner noch als der Hosenmacher, und sie hatten ihn bei der SS-Werbung in Backnang nicht genommen, Bombenflüchtling aus Köln, wachsame, eng stehende Augen über einem winzigen Stupsnäschen, ein Wiesel. Jumbo wollte auch mitsingen – später fiel mir ein, dass er da schon verhalten-neugierige Blicke für uns gehabt hatte.

Seit Langem das Gefühl von Wärme, ja fast Familie. Nicht nur, dass wir auf der Probe wie Stars begrüßt wurden (von vielleicht dreißig Mädchen zwischen vierzehn und siebzehn), es war die Höhere-Töchter-Sphäre, die freundliche Solidität des Salzlacher Bürgertums und seiner Kinder, die für fanatische Führergläubigkeit zum Kummer der Partei nie so richtig zu gewinnen waren, es gab die alten Blickspiele noch (»wenn du nicht herschaust, schau' ich auch nicht hin!«), die kichernden Neckereien, den vertrauten Geruch des alten Musiksaals, in dem jungweiblicher Dunst stand und sich dafür zu schämen schien, es blickten die schwarzgerahmten Stiche von Bach-Beethoven-Brahms noch von der Wand, es klang der Flügel noch in betrübter Verstimmung, wenn Ortrun Puller, in hellblonden Schweiß gebadet, den Anfangsakkord der zu übenden Lieder anschlug, dieser fürchterlichen Lieder – doch siehe: Sogar das pathetisch-todeslüsterne Zeug schien nachzugeben, aufzuweichen im Wärmeschleier des Privaten, der alles umhüllte.

Bubu und ich suchten uns eine günstige Position hinter ein paar groß gewachsenen Mädels im Alt. Der später eintreffende Jumbo schloß sich neben mich an. Er lernte die Männerstimme etwas mühsam, aber er sang nicht schlecht, intonierte relativ sauber. Im Gegensatz zu uns war er tatsächlich des Gesangs wegen gekommen. Wir übten »Deutschland, Vaterland, in Gefahren / deine Söhne sich um dich scharen...« Es sangen dreißig Töchter und drei Söhne. Aber dass überhaupt Söhne mitsangen, machte Ortrun Puller schon glücklich. Es lief erstaunlich gut.

Auf dem Rückweg zum Klosterberg bescherte mir Bubu weiteres Staunen. Bei Probenende hatte er mir verschwörerisch signalisiert, Jumbo vorausgehen zu lassen. Wir alberten noch eine Weile mit den Mädels herum, dann trotteten wir in der hellen Nacht zur Kaserne.

Mit einer gewissen Feierlichkeit eröffnete mir Bubu: »Ich weiß jetzt, wie das is' mit dem Organismus.«

»Es heißt Orgasmus, Bubu, ich hab' nachgeschaut, im Schulungssaal steht ein Brockhaus...«

»Dann eben Orgasmus, is' doch scheißegal, Mann, ich weiß jetzt, wie man erkennt, ob's echt is' oder ob sie dir was vormacht: Sie muss schielen!«

»Wie bitte?!«

»Sie muss hinterher 'n bissel schielen, dann hat's geklappt. Alles andere kann Beschiss sein.«

»Das is' der größte Quatsch, den ich je gehört hab'. Wo bringst'n das her? Sie muss schielen – tsss!«

»Is' Tatsache, Mann, aber bitte, wenn du nich' interessiert bist, kannste ja weiter im Dunkeln tappen. Dann halt' ich eben die Klappe.«

Beleidigtes Schweigen bis fast zum Ansatz der Steigung, die den Hügel zum Kasernentor hinaufführt – also ich meine, dass ich von diesem und jenem sprach und er kein Wort sagte –, dann, genau mit dem Zehnuhrschlag vom alten Klosterturm (so lang hatten wir Ausgang) hielt er es nicht mehr aus: »Willste wissen, von wem ich's hab'?«

Ich nickte.

»Von Alfredo.«

»Was? Den kennst du näher?«

»Der war doch letztes Jahr 'n paar Wochen im U-Bau, hat ihn irgend 'n Dämchen angezeigt wegen was, is' aber nix dabei rausgekommen – jedenfalls, der Mann is' starker Raucher, und da hat ihm mein

Die Freibadclique

Oller, wenn er Nachtdienst gehabt hat, ab und zu 'n paar Zigaretten zugesteckt, und seitdem – is' ja wurscht jetzt ...«

»Bubu, wir müssen rein, es is' zehn durch.«

»Dann eben nich', Blödmann!«

Ich wusste genug. Alfredo (Nachnamen vergessen) aus Venedig, Maler von Haus aus, nach dem Sturz Mussolinis im Sommer '43 als technischer Zeichner zwangsverpflichtet in eine hiesige Zulieferfirma des Kriegsflughafens, war eine stadtbekannte Größe: der schönste Mann weit und breit, groß, kastanienbraunes Haar, tiefblaue Augen, klassisches Profil, das ganze Traumgebilde Anfang dreißig, ein Gott, herabgestiegen nach Salzlach, Abgott der hiesigen Damenwelt, von einem legendären Ruf umweht, obwohl oder weil bislang keine einzige Affäre belegbar geworden war, für die wissensbedürftige männliche Jugend eine unanfechtbare Autorität in Frauendingen, allerdings beantwortete er entsprechende Fragen (soviel ich bisher gehört hatte) mit einem vielversprechenden Grinsen – und schwieg.

Es musste eine an Heimtücke grenzende Laune

gewesen sein, die ihn dazu verführt hatte, dem armen Bubu diesen Bären aufzubinden.

Die Nacht fand mich in Zweifeln. Und wenn doch was dran war? Ich dachte an Britta – hatte sie geschielt, auch nur ein bisschen? Und was hatte es mit Lores Silberblick auf sich? War der mal da und mal nicht, je nachdem, ob sie mit ihrem Fähnrich hinter die Jasminbüsche ging oder wieder hervorkam? Unmöglich, sie schielte ja schon, wenn sie im Freibad eintraf, es sei denn, da wäre schon vorher etwas gewesen – zu dumm, dass ich Bubu nicht gefragt hatte, wie lang, laut Alfredo, die erotisch bedingte Sehstörung üblicherweise anhielt –, seltsam, da griff die Geschichte nach einem, die Sherman-Panzer waren vielleicht schon unterwegs zu uns, und einen kurz vor seiner Vereidigung stehenden Volksgrenadier hielten Fragen wach, die aller Voraussicht nach in absehbarer Zeit für sein Leben nicht unbedingt von Bedeutung sein würden. Eros und Thanatos, die alte Sache, ein Schutzmechanismus. Aber das ist Interpretation. Ich möchte wissen, was ich sonst noch im Kopf hatte damals, da muss noch etwas anderes gewesen sein, und ich komme da nicht mehr ran. Es ist weg.

Aber die Vereidigungsfeierstunde war schön.
 Der volle Saal, balkenüberwuchtet, im alten Zeughaus, das wie immer nach Mottenpulver roch. Das Parkett voll besetzt mit dem Bataillon (Sollstärke um vierhundert Mann), auf den Emporen alles, was hin musste, um Ergriffenheit darzustellen. Ich weiß noch, dass es abends war, nach Einbruch der Dunkelheit, um Störungen durch Tiefflieger zu entgehen. Es könnte der Karfreitagabend gewesen sein, nicht zur Freude der starken evangelischen Gemeinde. Der Chor stand die ganze Zeit auf der von Hakenkreuzfahnen umrahmten Bühne, wir drei Männerstimmen ganz hinten. Fackelträger? Standen Pimpfe mit Fackeln rechts und links vom Rednerpult? Nein, Trommler! Selbst in diesen Tagen, da Stimmung alles war, Vernunft nichts, hätten sie sich Fackeln nicht getraut: Eine einzige Unachtsamkeit, und der verwinkelte alte Bau wäre in Flammen aufgegangen. Nach dumpf-dramatischem Trommelwirbel wurde es still.

Wir sangen: »Nun lasst die Fahnen fliegen in das große Morgenrot / das uns zu neuen Siegen leuchtet oder brennt zum Tod.«

Bannführer Seidebrant sang: »Juugend ... Juuugend ... Juuuugend ...«

Wir sangen: »Bei den Sternen steht, was wir schwören. / Der die Sterne lenkt, wird uns hören. / Eh der Fremde dir deine Krone raubt, / Deutschland, fallen wir Haupt bei Haupt.«

Kreisleiter Sengle bellte: »Juckent – Juckent – Juckent!«

Ein Oberst vom Wehrkreiskommando sprach unpassend sachlich.

Wir sangen: »Und mögen wir auch fallen, wie ein Dom steht unser Staat, / ein Volk hat hundert Ernten und geht hundertmal zur Saat.«

Dann die Vereidigung: Sengle bellte die Eidesformel in kleinen Portionen vor, und das Bataillon sprach sie nach: »Ich gelobe, unserem Führer Adolf Hitler – (den weiteren Text vergessen bis:) »... gehorsam zu sein bis in den Tod« (oder so ähnlich).

Während des Eides leiser Trommelwirbel. Ich

Die Freibadclique

schielte zu Jumbo neben mir und im selben Augenblick er zu mir, ratlos, ob er die Schwurhand erheben solle oder nicht. Mir fiel ein guter Satz ein, und ich flüsterte ihn: »Der Chor ist nur als Instrument hier.« Da sonst im ganzen Chor (naturgemäß) niemand die Hand erhob, unterließ es Jumbo auch, ganz alleine wollte er nicht.

Abschließend sangen alle *Deutschland-* und *Horst-Wessel-Lied.* Es war überstanden. Auf uns hatte offensichtlich niemand geachtet, sonst wäre sofort nach Ende der Veranstaltung Seidebrant oder eine seiner Chargen auf uns zugekommen. Es geschah aber nichts.

Spätes Geständnis: Man ist ja als noch nicht sechzehnjähriges Bürschlein bei aller beabsichtigten Abgebrühtheit nicht tränendicht gefeit gegen Feierlichkeit. Während des Sprechchors, als ein paar Hundert Mann den Eid sprachen, spürte ich von fern Ergriffenheit, fand aber sofort ein Gegenmittel: Ich versenkte mich blickmäßig in das uniformrockbespannte Hinterteil der gut proportionierten BDM-Kameradin, die vor mir stand. Es war Rosemarie, mir vertraut von gemeinsamen Übungen an der Teppichstange in unserem Hinterhof, jetzt mit ihren siebzehn schon sehr deutlich eine junge Frau. Ich stellte mir vor, wie sie schielte – wenn sie schielte.

In der Osterwoche teilten sie das Bataillon. Wer sich freiwillig meldete, blieb in der Kaserne und sollte demnächst einer kleineren Kampfgruppe zugeteilt werden, um bei Feindannäherung zum Einsatz zu kommen. Die anderen (der größere Teil, wie sich herausstellte) sollten mit dem Kreisleiter und den übrigen Parteigrößen südwärts ziehen Richtung Allgäu und weiter in die »Alpenfestung«, um dort in Treue auszuharren, bis die in Bälde kommenden Wunderwaffen den Endsieg bringen würden. Bubu und ich, vor diese Alternative gestellt, waren unbedingt für Freiwilligkeit – schon die Vorstellung, in womöglich enger Nähe mit Parteiwürdenträgern in irgendeinem Bergstollen zu hocken und nicht mehr herauszukommen, verursachte uns Beklemmungen.

Aus Heilbronn wurden Straßenkämpfe gemeldet, ebenso aus Bad Mergentheim, sechzig Kilometer nordöstlich davon. Aus dieser schrägen Linie heraus schienen Teile der siebten amerikanischen Armee nach Süden zu drücken, um über die Jagst, die Brenz schließlich die Donau zu erreichen, und auf dem Weg lag dann Crailsheim, fünfundzwanzig Kilometer östlich von uns, dort aber standen, wie den täglichen Gerüchten zu entnehmen war, starke Verbände der Waffen-SS. Bubu und ich verkrachten uns über der Frage der schielenden Frauen. Er behauptete, es mit positivem Ergebnis ausprobiert zu haben unter Missbrauch eines Nachturlaubs, den er seiner kranken Mutter wegen herausgeschunden hatte. Ich glaubte ihm nicht, was ihn tief kränkte: kein Wort mehr, aus! Und er zeigte nur noch sein Nagergebiss, wenn er mich sah. So konnte es nicht bleiben, wir brauchten einander, denn die Zeit, da wir türmen wollten, war nahe herbeigekommen. Ich beschloss, ein Friedensangebot zu verbinden mit einem (vielleicht letzten) Besuch zu Hause. Wenn ich Urlaub bis zum Wecken erhielte, könnte ich die Nacht im eigenen Bett zubringen und Bubu bei meiner Rückkehr am Morgen erzählen, die Sache sei in Ordnung, auch ich habe es ausprobiert, und tatsächlich – er habe recht. Er würde es entweder schlucken oder die Lüge durchschauen, in jedem Fall hätte ich nachgegeben und er den albernen Streit gewonnen, zumindest der Form nach.

Feldwebel Bierstett genehmigte den Urlaub anstandslos, fügte aber hinzu, dies sei der letzte, den er gestatten könne, angesichts der Lage im Raum Crailsheim sei täglich mit Alarm zu rechnen ...

»Und dann?«, wagte ich zu fragen.

»Bua, woher soll i des wissa? 's Schiaßa hent'r net g'lernt bei mir, i hoff', dass'r wenigschtens bete könnet.«

Schon das Abendrot brachte den Frieden mit Bubu. Er beobachtete, wie ich mich ausgangsfertig machte, und begleitete mich dann schweigend zum Tor. Das rötliche Licht des Westhimmels stand in den Scheiben der Wachtstube, als er den ersten Satz schaffte: »Noch in die Stadt?«

»Möglich.«

»Willst's jetz' selber ausprobieren?«

»Möglich.«

»Musste nich', weil ... es is' verlogen.«

»Was is verlogen? Dasse geschielt hat?«

Die Freibadclique

»Nee, Mann, ich hab's gar nich' probiert. Ich hab' gar kein Mädel an der Hand, wo ich so uff die Schnelle – bloß um was auszuprobieren ...«

»Ich auch nich'. Ich geh' bloß heim für die Nacht.«

Ein höchstens ahnbares Lächeln kam ihm um den Mund: »Wir waren ganz schöne Arschlöcher, was?«

»Möglich.«

Das Lächeln, ermuntert, verbreitete sich langsam: »Ich glaub', der Alfredo, der abartige Sack, hat uns verladen.«

Das Wörtlein »uns« schien mir etwas kühn in diesem Zusammenhang, aber es barg die Versöhnung, die Wiederherstellung der Gemeinsamkeit, und wenn es die der dummen Jungs war, denen man alles erzählen konnte, nicht ganz korrekt in diesem Fall, aber damit ließ sich leben. Wenn auch vielleicht nicht mehr lange. Spürte er diesen Gedanken?

Er sagte: »Crailsheim ... wenn se uns dorthin tun, hauen wir ab. Wir probieren's wenigstens.«

Mehr musste nicht gesagt werden.

Oliver Storz

Der stille Abend mit Charlotte, der Frau, die mein Vater letztes Jahr im Mai geheiratet hatte. Sie versuchte erst gar nicht, mir eine (Stief-)Mutter zu sein, sie war eine ältere Freundin. Jetzt zauberte sie einen fast friedensmäßigen Kaffee, bei dem kaum Konversation stattfand. Was sollte man sagen außer: »Bleib übrig«? Ich nahm vorsorglich Abschied von unserem alten Wohnzimmer: auch hier Bücher, Bücher, ein Geviert von Büchern um den runden Tisch – ich glaube, mein Vater hat in keiner unserer Wohnungen genug Platz für seine Bücher gehabt –, das Koffergrammophon mit der Handkurbel, das mir die ersten Rendezvous mit Bach, Mozart, Beethoven, Schubert arrangiert hatte, und die Stille, die in den Kriegsjahren manchmal übermächtig geworden war, nicht, weil draußen kaum mehr Autoverkehr herrschte – das Schweigen meines Vaters war es, das die größte Stille hervorgerufen hatte, der richtige Ausdruck: Er rief die Stille hervor.

Der Abend wurde mehr und mehr zum Echo des letzten Weihnachtsabends, als wir noch zu dritt waren: das kümmerliche, wie gerupft aussehende Bäumchen mit den Stumpen der Stearinkerzen

Die Freibadclique

vom Vorjahr, im spärlichen Licht fremd, wie verkleidet, der Vater in Wehrmachtsuniform, ungewiss, wohin sie ihn am nächsten Tag in Marsch setzen würden. Hitlers letzte Offensive, der Vorstoß in den Ardennen, hatte begonnen, und in jedem Blick stand geschrieben: Unwahrscheinlich, dass man sich noch einmal sehen würde. Zwar schien das Ende nahe, aber würde nicht vorher alles zugrunde gehen? Und das späte Läuten an der Wohnungstür, der erschrockene Blickwechsel zwischen dem Vater und Charlotte (Gestapo?), und dann war es der Wehrmachteisenbahner aus der Nachbarschaft, dieses unvergesslich leere Gesicht hinter der leichten Schnapsfahne. Formelhaft entschuldigte er sich, er wisse, dass Heiliger Abend sei, aber er müsse, müsse den Vater sprechen. Der nahm ihn dann mit in sein Arbeitszimmer, wo auch vorwiegend Stille zu herrschen schien, aber darin doch einzelne Wörter, Sätze, am Rande der Hörbarkeit und doch dröhnend: Züge – Züge, die da rollen – überfüllt hin, leer zurück – schlimme Dinge im Osten, böse Dinge – kein Mensch ahnt das hier – wenn das, was im Osten geschieht – wenn das einmal zurückkommt auf uns ... Als der Mann endlich ging und mein Vater wieder zu uns ins Wohnzimmer trat, war sein Gesicht so leer wie das des Eisenbahners.

All das war wieder da und vertrug kein Wort. Aber die »gute Nacht«, die wir uns dann wünschten, hatte ihren eigenen Sinn.

Am nächsten Morgen, sehr früh, mit dem Hellwerden, zurück zur Kaserne. Der nächste Weg zum Klosterberg führte hinunter zum Fluss durch die südlichen Ausläufer des Stadtparks. Kurz nach der gewölbten alten Eisenbrücke sah ich sie von fern im Flussdunst: anscheinend frei, aber bewegungslos schwebende Schatten, dunkler als der Dunst. Dann, im Näherkommen verschärfte sich das Bild, und da hingen sie seitlich vom Wegrand herein: zwei Landser von zwei Bäumen, in den schwarzen Uniformen der Panzerwaffe, Hoheits- und Rangabzeichen abgetrennt von den Feldblusen, soweit das zu erkennen war, denn jeder hatte ein Schild umhängen, Druckbuchstaben von Hand: »Standrechtlich hingerichtet wegen Feigheit und Verrat an Führer und Volk.« Man hatte ihnen die Hände auf dem

Die Freibadclique

Rücken gefesselt und die Füße zusammengebunden. Beider Augen waren geschlossen, die Hälse auf etwa fünfundvierzig Grad seitlich abgeknickt, die Stricke, an denen sie hingen, erstaunlich dünn. Der eine schien mir sehr jung, höchstens achtzehn, der andere um die dreißig. Insgesamt ein friedliches Bild, weder die Vögel schrien auf noch ich, es war schrecklich normal: Landschaft mit Gehenkten, sie waren schon ein Stück Natur. Ich erschrak fürchterlich, als ich merkte, dass ich mir ihre Hosen ansah, solides Material, sie hätten auch leidlich gepasst.

Von jetzt an liegt mein Gedächtnis in Fetzen: Was war wann – wo – wie – warum – Nord – Süd – Sonne – Regen – heiß – kalt? Vor allem: Woher dieses Chaos? Es hätte sich doch alles nachträglich mithilfe einer vernünftigen Karte wenigstens grob rekonstruieren lassen. Das ist am leichtesten zu beantworten: Es hat uns – Bubu und mich – nicht mehr interessiert. Als es vorbei war und wir wieder zu Hause, fing eine Zeit an, die uns aufgesaugt hat, die Zeit zwischen meinem sechzehnten Geburtstag Ende April und dem Wiederbeginn der Schule

Oliver Storz

gegen Ende dieses verrückten Jahres, die »Goldgräberzeit«, wie wir sie später nannten. Keiner von uns beiden ist auf die Idee gekommen, rückblickend Ordnung zu bringen in den Ablauf dieser Irrfahrt Richtung Crailsheim und zurück.

Und nach der Goldgräberzeit? Abitur nach vier Jahren, Studium, Beruf, wir verloren uns aus den Augen, haben uns, glaube ich, erst zehn Jahre später wiedergesehen, anlässlich eines Klassentreffens, das im Zeichen eines Riesenbesäufnisses stand, und dann noch einmal, in den Siebzigerjahren, als Bubu mich in München besuchte, gelegenheitshalber, weil ihn ein Juristenkongress in die Stadt geführt hatte. Da hätte es uns interessiert: Wann war dieses, wo war jenes? Aber da war es zu spät, es gab eine schreckliche Rechthaberei, und hinterher war alles nur noch verworrener.

Klar ist weniges: Der Abmarsch war wohl am 10. April. Vorher wurden Hartwürste und Brot verteilt, auch gaben sie uns tarnfarbene Umhänge, Zeltbahnen und Decken mit. Es erfolgte die Einteilung in »Kampfgruppen«, jede zwanzig bis fünfund-

Die Freibadclique

zwanzig Mann stark. Bubu und ich – auch Jumbo ärgerlicherweise – gehörten zur Kampfgruppe B (wie Bierstett). Es ging in nordöstlicher Richtung durch die Wälder hinter dem Klosterberg, teils auf Forststräßchen und Waldwegen, teils weglos durchs Gehölz. Der Feldwebel, der Karte, Marschkompass und Fernglas mit sich führte, schien sich gut auszukennen, wirkte nie unsicher, passte das Marschtempo den Langsamsten an, hüllte sich aber in Schweigen, was das Ziel dieser »Bewegung im Gelände« sei. Ich schätze, dass wir an diesem Tag nicht mehr als zehn Kilometer vorangekommen sind, aber was hieß »voran«? Am Abend hatten wir die Orientierung völlig verloren, immerhin landeten wir an einer Forsthütte, in der sich kampieren ließ. Hier wohl erstmals: das uns von den Vogesen her vertraute Grummeln und Wummern schwerer Artillerie, noch nicht nah. Gab es zu trinken, war ein Bach in der Nähe? Keine Ahnung. Gab es einen Gefechtsauftrag, einen Einsatzbefehl, oder agierte der Feldwebel auf eigene Faust (er stand ja auf der untersten Befehlsebene)? Wir wussten es nicht, und ich weiß vom zweiten Tag ab immer weniger, nur, dass es wohl wirklich Richtung Front ging, sofern es eine solche noch gab. Jedenfalls klang der Gefechtslärm näher. Um das Städtchen Crailsheim an der Jagst hatte sich, nach allem, was gemunkelt wurde, eine der letzten großen Feldschlachten in diesem Krieg entwickelt.

Es muss gegen Abend des zweiten Marschtags gewesen sein, als wir – mitten im weglosen Wald – hörten, dass sich nicht weit von uns ein Trupp in dieselbe Richtung bewegte, Kampfgruppe A, wie der Feldwebel wusste oder vermutete. Wir näherten uns irgendwann freiem Gelände und verhielten am Waldrand, im Gebüsch kauernd. Auf der Landstraße (von wo nach wo?), die sich um die dreißig bis vierzig Meter vor uns durch eine Senke zog, kam von links her eine Panzerkolonne in Sicht, schwere olivfarbene Shermans mit dem weißen Stern der US-Army am Turm. Sie rasselten und mahlten geruhsam an uns vorbei. Dann wurde aus der anderen Gruppe, die rechts von uns, immer noch unsichtbar, ebenfalls den Waldrand erreicht haben musste, eine Panzerfaust abgeschossen, die dicht vor einem der Shermans einschlug. Bierstett in unserer Nähe

Die Freibadclique

schrie wütend nach rechts hinüber: »Spinnt ihr?« oder so was Ähnliches, dann zu uns: »Volle Deckung!« Wir hatten die Nasen im Gras, ich meine aber doch gesehen zu haben, wie die Kolonne hielt und sich die Panzertürme herdrehten. Dann schossen sie aus allen Rohren, MGs und Bordkanonen, die Salven gingen über uns hinweg in die splitternden Baumkronen. Der Feldwebel schrie: »Zurück in den Wald – aber am Boden!« Bubu und ich robbten nebeneinander, und ich glaube, dass wir gleichzeitig wussten: Dies war der richtige Augenblick. Im Wald sprangen wir auf und hasteten tiefer ins Dickicht hinein, während um uns die Äste krachten und die Querschläger sirrten. Die Schießerei flaute bald ab, denke ich, und in der wieder einkehrenden Stille hörte man noch den Feldwebel fluchen und rufen. Rief er nach uns? Wohl kaum, der war eher froh über jeden von uns Idioten, den er los sein durfte.

Irgendwann merkten wir, dass uns jemand folgte, und in der Dämmerung, als wir rasteten, tauchte dann dieses kleine Arschloch auf: Jumbo. Er hatte eine Stielhandgranate im Koppel stecken, sonst keine Waffe, das weiß ich noch. Schnell wurde es Nacht.

Nacht und Tag gehen jetzt durcheinander: Wann? Wo? Was? Auf jeden Fall Regen, endlos, Tappen in einem triefenden Nichts ohne Sicht, ohne Zeitgefühl, ohne Orientierung nach dem Sonnenstand, denn die Wolken hingen in Schwaden herunter zwischen den Bäumen, und immer dieser Kleine mit zwanzig Schritt Abstand hinter uns her, der nach der zweiten Nacht nicht mehr wollte. Er hockte auf einem Baumstumpf und heulte, wir bekamen ihn nur mit Schlägen wieder hoch; eine Kreuzung von zwei Forstwegen irgendwann, ein Pferdefuhrwerk mit Baumstämmen, zwei Forstarbeiter mit dem weißen O für Ostarbeiter an den Jacken (Polen? Russen? Litauer?) – stummes Äugen auf meinen Karabiner, auf Bubus Pistolentasche, auf den Kleinen mit der Handgranate hinter uns – Achselzucken auf unsere Fragen nach der nächsten Ortschaft – endlich, nachdem sie uns wohl als Deserteure eingeordnet hatten, zeigten sie in eine Richtung, nannten einen Ortsnamen, der mir nichts sagte, aber Bubu, und der schien sich zu freuen. Wir tappten weiter,

Die Freibadclique

und einer von den beiden rief uns nach: »Passen auf – SS!« Wir befanden uns laut Bubu zumindest wieder näher bei Salzlach als bei Crailsheim, was der reine Zufall war.

Vorsichtige Annäherung an den Ort, im Wald, parallel zum Sträßchen – im Dorf kein Leben zu sehen zwischen den zerschossenen Häusern – langes, beobachtendes Warten, nichts regte sich – Jumbo fing wieder an zu quängeln, zu heulen, er wolle ins Dorf, was zu essen, was zu trinken, ein Bett zum Schlafen – ein Kübelwagen kam vom Dorf her, vier Mann SS oder Feldpolizei drin, das war nicht genau zu erkennen. Wir schmissen uns hin und rissen Jumbo mit, der wütend kreischte, aber der Motor des Streifenwagens, der an uns vorbeifuhr, schluckte sein Geschrei – in der Dämmerung lautlos durch das verlassene Dorf, nirgendwo auch nur ein Lichtspalt – am Ortsausgang vier gehängte Landser – der Kleine fing wieder zu jammern an, ich scheuerte ihm eine, er zischte, ich solle mich vorsehen, bald würde auch ich hängen, zusammen mit Bubu – wir schleppten ihn weiter.

Oliver Storz

Wieder Waldlager, geflüsterter Kriegsrat, während Jumbo in einer Kuhle schlief, die wir ihm mit Decken ausgelegt hatten. Bubu schätzte noch zehn Kilometer Luftlinie bis heim, aber mit dem Kleinen war es unberechenbar, er war jetzt nicht nur eine Bremse, sondern eine Gefahr. Konnte uns jederzeit verpfeifen, wenn SS in der Nähe war. Etwas Böses lag in der Luft. Ihn zurücklassen ging nicht, er musste sich nur an die Dorfstraße stellen und die nächste Streife anhalten, dann würden sie uns jagen, vielleicht sogar mit Hunden. Ihn erschießen? Ich weiß nicht mehr, wer als Erster die Frage aufbrachte, aber ich weiß noch, dass wir knobelten, wer es tun müsste – halt: wie ihn begraben? Wir hatten keine Feldspaten mit. Bubu wusste einen alten Steinbruch auf dem vor uns liegenden Weg, dort ginge es, in einem Stollen – Steine drüber und fertig.

Kaum mehr etwas über die nächsten zwei Tage, die glühend wurden – leuchtende Sonnenuntergänge – einmal im Morgengrauen, nicht weit weg, das Röhren vieler Panzermotoren, die sich warmliefen – wir waren am Ende, der Kleine völlig apathisch, fast unbegreiflich, dass wir überhaupt noch

Die Freibadclique

vorwärtsgekommen sind mit ihm – immer im Wald – aber der Steinbruch kam nicht – letzter Proviant, letzte Zigarette – von einem Waldrand aus gesehen: Amikolonnen, Jeeps, Trucks, Panzer, endlos – auftauchende Frage: Wie war unser Status? Weder HJ noch Wehrmacht, aber bewaffnet, keine Soldbücher, keine Erkennungsmarken, keine Marschbefehle, nichts, wir waren nichts, also Partisanen, die Amis konnten uns glatt an die Wand stellen, also Waffen weg, aber nicht zu früh, wer von den SS-Streifen waffenlos aufgegriffen wurde, war tot.

In der Abenddämmerung des vierten Tages bekanntes Gelände: eine tief eingeschnittene Rinne, unten rauschte ein Bach, die Murrbachschlucht, beliebtes Ziel von »Lerngängen« im Biologieunterricht – wir waren zu Hause oder so gut wie – mit Jumbo vollzog sich eine Wandlung, als habe er ein Wundermittel injiziert bekommen, er lachte, sang, tanzte – wir warteten, bis es dunkel war, lauschten, beratschlagten erneut, wir hatten seit zwei Tagen aus der Deckung heraus die Straßen und Wege beobachtet, nirgends mehr deutsche Einheiten, es musste gewagt werden: Mein Gewehr, Bubus Armeepistole, die paar Schuss Munition, die wir beim Abmarsch bekommen hatten, Jumbos Handgranate flogen hinunter, gegen die Felswand schlagend, und dann ins schäumende Wasser.

Kurz nach Mitternacht auf Schleichwegen in die Stadt, die von Brandgeruch durchzogen wurde – das Flusstal herauf und über die westlichen Höhen nicht fern die Abschüsse schwerer Feldhaubitzen – die alten Gassen dunkel und leer. Seltsame Heimkehr.

Am nächsten Tag zog die US-Army ein, kampflos. Wir schliefen drei Tage und Nächte, vorsichtshalber im Luftschutzkeller, obwohl das bei Hausdurchsuchungen wenig genützt hätte. Aber man ließ uns in Frieden. Der Krieg, unser Krieg war aus.

V

… und die Himbeeren kamen, üppig und extrasüß dieses Jahr, aber Knuffke kam nicht, immer noch nicht zurück aus dem Krieg, der ihn nicht entlassen wollte. War geizig geworden auf seine alten Tage, der Krieg, ein kalter, totengrauer Mann, tief vergrämt darüber, dass jetzt schon seit über drei Monaten nicht mehr geschossen wurde, hatte Millionen von Menschen verschlungen und war nun zu schäbig, um einen kaum sechzehnjährigen Pennäler namens Knuffke zu uns zurückzulassen ins Freibad, das sich in diesen Wochen empfängnisbereiter denn je unter der weißglühenden Sonne ausbreitete und Fleisch, Gras und Busch darbot zur sengenden Paarung: »Verbrenne uns!«, schien alles zu rufen, »wir haben so lange gefroren.«

Oliver Storz

Olivgrün war die Farbe der Saison: Uniformhemden, Panzer, Kunststoffhelme, Jeeps, Trucks, Feuerzeuge, Geschütze, Lautsprecher, Grammophone, aus denen unaufhörlich der Jazz ans Sonnenlicht drängte – alles olivgrün, sogar die alte Fliegerkaserne draußen am Flugplatz hatte einen Anstrich in dieser Farbe erhalten und leuchtete warm. Wir waren Regimentsgarnison geworden, und durch unsere Gassen zog der gebührende Duft von American Blend, echtem Kaffee und Natrongebäck, ein Geruch, der sich mir noch heute mit dem Gefühl von Freiheit verbindet. Nach wie vor entfiel der Unterricht, es gab keine Appelle, keine Kommandos, keine Weihestunden mehr, und von uns aus konnte es noch lange so bleiben. Uns fehlte nichts außer Knuffke – wie sehr, das dämmerte Bubu und mir erst nach der Pleite mit den Himbeeren.

Wenn Knuffke da gewesen wäre, er hätte uns das Unternehmen »Ulla« ausgeredet, oder zumindest hätte er die alberne Idee mit den Himbeeren unterbunden. Soll ich das wirklich erzählen? Ich meine, Bubu ist Jurist geworden und hat es immerhin bis zum Oberstaatsanwalt gebracht, starb vor zehn Jah-

Die Freibadclique

ren in Ehren und ruhe sanft – wird die Himbeergeschichte nicht gewissermaßen seinen Grabstein beflecken? Andererseits: Das Kapital des Erzählers ist die Erinnerung, wo käme er hin, würde er sie nach dem Gesichtspunkt bürgerlicher Schicklichkeit sortieren?

Also gut: Wir plünderten in der menschenleeren Mittagsglut der städtischen Gärten zwei Himbeersträucher und hatten einen stattlichen Korb beisammen, den wollten wir Ulla bringen. Ulla Klink (oder Klinke? oder Klinker?), Ulla war für uns Halbwüchsige damals der Inbegriff lasterhafter Weiblichkeit, wenn auch auf dem bescheidenen Niveau der ersten Besatzungszeit, einer Ära des Mangels und der Notlösungen. Ulla, in den letzten Kriegstagen hierorts hängen geblieben als Fronttheatermieze (»Ausdruckstanz«), untergekrochen in einer halbwegs heil gebliebenen Baracke des zerschossenen Arbeitsdienstlagers, nach dem Einmarsch der Amerikaner Bardame im *Last Rendezvous*, einer jener Bretterbudendestillen, die in Garnisonsnähe fast über Nacht aus dem Boden gewachsen waren. Das Geschäft (jeder Art) blühte, und Ulla – nun ja, sie war von der

Oliver Storz

Schöpfung mit einem Körper gesegnet, den für sich zu behalten eine Sünde gewesen wäre, weshalb Ulla sich mit großer Freigebigkeit verteilte, jedenfalls dann, wenn auch die Gegenleistungen nicht kleinlich bemessen wurden. Ferner ging die Rede von solotänzerischen Darbietungen, die sie gelegentlich nach Lokalschluss exklusiv für spezielle Gäste gab – mit nichts an außer knallroten Stöckelschuhen, und da ließ sie sich – angeblich, bitte! – zum Abschluss der jeweiligen Tanznummer vom Meistbietenden einen zusammengerollten Geldschein unten reinstecken, natürlich nur in Dollarwährung.

Attraktionen solcher Art lagen weit außerhalb der Reichweite von uns Minderjährigen. Im Kino lief *You Were Never Lovlier* mit Fred Astaire und Rita Hayworth, und wir waren da bestimmt acht- bis zehnmal drin, vor allem wegen der berühmten Stepszene, in der die Hayworth diese knappen blütenweißen Shorts trug, und uns schien, als würde dieses Beinkleid von Mal zu Mal noch ein bisschen reiner strahlen, sodass einem schließlich kaum mehr Unreines dazu einfallen wollte, und das zog den Sommer in die Länge.

Die Freibadclique

Aber dann fraß sich aus dem Dunstkreis der Amikaserne ein Gerücht zu uns durch, nein, es war eine Information, denn sie kam von Peanut, einem auffällig wohlgenährten Jungen, dessen Mutter Küchen- und Putzdienst in der Mannschaftskantine des Standorts tat und dabei reiche Beute machte: Kaum angebrochene Büchsen mit Erdnussbutter, Corned Beef oder Ananasringen, Schätze, von denen wir unseren Anteil kassierten dafür, dass wir den anschlussbedürftigen Kleinen (ausgebombt in Ingolstadt, Vater vermisst in Russland) in unserer Nähe duldeten. Peanut meldete unter Berufung auf seine Mutti, die immer das Neueste aus der Sphäre der »Hey-Froulleincare-for-some-candy«-Völkerverständigung wusste: Die Ulla, das abartige Stück, mache sich in Wirklichkeit gar nix aus gestandenen Männern, ihre wahre Leidenschaft seien gewisse Spiele mit kleinen Jungs, meist am späten Nachmittag im Geräteschuppen des ehemaligen Arbeitsdienstlagers.

»Was soll das?«, unterbrach Bubu ihn rau, »sind wir vielleicht kleine Jungs?« Und Peanut, immer mit diesem Blick, der zwischen Unschuld und Listigkeit schwamm: »Des net, aber i hab mir denkt, ihr könntets die Frau vielleicht retten – ich mein, fürs halbwegs Normale.« Wir staunten: Das »halbwegs Normale« sollten wir sein, keine kleinen Jungs mehr, aber auch noch keine gestandenen Männer, und ein Rettungswerk sollten wir tun – der Kleine hatte seltsame Ideen, aber völlig abwegig waren sie nicht.

Ich weiß noch, dass wir oben auf dem Zehner lagen, der höchsten Etage des Sprungturms, tief unter uns die Klangschicht aus Kindergekreische und AFN-Jazz, und Bubu schaute mich an, und ich schaute Bubu an, und in die zitternde Sommerhochdruckheißluft schrieb Bubus rechter Zeigefinger eine Drei: Da war sie, die Chance, auf die wir gewartet hatten: zu dritt! Wie wäre es zu dritt? Ein Dreier mit Ulla? Vielleicht könnte das die Lösung eines Problems sein, das uns seit längerer Zeit bleiplattenschwer auf der Seele lag. »Seele« ist jetzt vielleicht ein zu großes Wort in Verbindung mit uns verluderten Bürschchen, die wir in Liebes- und Leibesdingen nur noch über das Vokabular zynischer Techniker verfügten – »Dreier mit Ulla«, das klingt wirklich nicht nach Seele, andererseits sollte man

Die Freibadclique

uns zugute halten, dass diese Rotzigkeit aus der Not kam, aus dem Ungenügen.

Ohne größere Gefühlsveranstaltungen wie Spaziergänge im Abendrot oder Mondenschein, ohne Schulaufsatzkonversation (Menschheitsfragen), ohne Blicke zum gestirnten Himmel über uns, ohne eine gewisse Firmheit im Zitieren von Rilke- bis Hölderlin-Zeilen war den hiesigen Bürgerstöchtern nicht unter die Röcke zu kommen, und so wanderte man kilometerweit durch die passend beleuchtete Gegend und schleppte eine an sich begrüßenswerte, aber momentan eher hinderliche Erektion mit sich herum und war gleichzeitig ständig beunruhigt von der Frage, ob sie einem erhalten bliebe bis zu dem Augenblick, da sie nicht nur willkommen, sondern unabdingbar sein würde – nein, wenn dieses quälende Ritual zum Pensum gehörte, das einem die Liebe auferlegte, dem würden wir auf die Dauer nicht gewachsen sein, dagegen jetzt ...

... hoch oben auf dem Sprungturm: welch erlösendes Vorgefühl der Befreiung, der wir mit einem gewissen Trotz entgegensahen: ein Dreier, das Gegenteil jeder Innigkeit – keine Feinsinnsverpackung, kein »Ich-bin-dein-du-bist-mein«-Text, sondern klar und einfach die Sache. Wie ehrlich das wäre, um nicht zu sagen rein! Die Reinheit des puren Ficks, der nichts anderes sein will. Und nur Vorteile im Praktischen: Kann der eine nicht, kann der andre, können beide nicht, wird sie können, und können beide, so wird sie sich findig aufzuteilen wissen – ideal alles in allem, nur – wie geht man es an? Man kann ja nicht einfach da stehen und sagen: »Los geht's!«

»Wir bringen ein paar Blumen mit.«

»Oder Himbeeren. Frische Himbeeren kriegt sie bestimmt nicht jeden Tag. Und nimm deine Gitarre mit.«

»Wozu brauchen wir dabei 'ne Gitarre?«

»Vorspiel, Mann, noch nie was von Vorspiel gehört?«

Und schon auf dem Weg hinaus ins RAD-Lager durch die nicht nachlassende Wärme, im schon späteren Licht: »Und wenn wir uns was einfangen?«

»Quatsch. Wenn die was hätte, hätte es die halbe US-Army, dann hätten die sie längst aus dem Verkehr gezogen.«

»Und wenn sie gar nicht will?«
»Quatsch! Wenn eine will, dann die!«

Es wurde eine Pleite, und ich glaube, ich ahnte es in dem Augenblick, in dem wir den Himbeerkorb überreichten. Es war das falsche Opening. Ulla lachte, wo sie nach unserem Konzept nur hätte lächeln dürfen, gleißend vielleicht, hatten wir gehofft. Sie lachte aber zwischen Rührung und Spott, was Bubu dazu veranlasste, ihr sogleich den Zweck unseres Besuches klar zu machen, indem er nach ihren Brüsten grapschte. Das musste Ulla zulassen, denn sie hatte vorrangig mit den Himbeeren zu tun, über die sie gierig herfiel, die sie konzentriert und beidhändig in sich hineinschmatzte, während sie Bubus Hände an ihrem Busen vorläufig nicht zur Kenntnis genommen haben wollte.

Ich spielte und croonte ein, zwei Songs im rauchigen Barmusikstil von Nat King Cole, denn nur mit Musik konnte das Unternehmen vielleicht noch aufs richtige Gleis gebracht werden, und wirklich: Ulla schien allmählich animiert, zumindest zum Tanzen mit Bubu. Der versuchte, den Tanz eng zu machen, mit einem Knie zwischen ihren Beinen und einer Hand in ihrer Pofalte. Aber davon befreite sich Ulla mit einem Ruck. Soviel ich mich erinnere, war im schrägen Sonnenlicht, das durch die Bretter fiel, zu erkennen, dass sie schon fertig angezogen war für den Abend im *Last Rendezvous*: enger Rock, Nylons, hohe Pumps (die roten!). Sie fragte, ob ich *You made me love you* könne, eine AFN-Schnulze, die wir verabscheuten, aber irgendwie brachte ich die Harmonien zusammen, unvorsichtigerweise, denn Ulla schubste Bubu sofort auf eines der Amifeldbetten, die da herumstanden, schleuderte die Schuhe von den Füßen und stieg aus dem engen Rock. Rosa Schlüpfer und schwarze Strapse (oder umgekehrt?), und dann kam eine Ausdruckstanz-Attacke mit der Überraschungsgewalt eines Tiefliegerangriffs über uns, irgendetwas zwischen *Schwanensee* und Bauchtanz, ein Schwenken und Schlängeln, Kreiseln und Knicksen, Spreizen und Springen, und immer dieses böse, himbeermundverschmierte Lächeln mit dem triumphierend-vernichtenden Blick zu uns her, der sagte: »Wenn ihr zum Vögeln gekommen seid, habt ihr euch geschnitten – ich bin Künstlerin!«

Die Freibadclique

Und wenn ich am Ende war mit dem Song, eine schlenkernde Armbewegung wie mit einer Peitsche: »Los, weiter! Von vorn!« Und immer größer ihre Ausdruckswut, und immer kleiner bei Bubu und mir dasjenige, was sich da anfangs geregt und gereckt hatte, kümmerlich nun und auch nicht mehr zu trösten durch Einzelaspekte, die der Zufall ergab, etwa dass ihr hin und wieder eine Halbkugel aus BH und Bluse sprang oder dass der Schlüpfer jedes Mal ihre Furche nachzeichnete, wenn sie ein Bein schräg nach oben schwang – ganz interessant, aber was war das schon, wenn man bedenkt, wozu wir angetreten waren?

Ob Ulla uns irgendwann rausschmiss, weil sie zum Dienst ins *Rendezvous* musste, oder ob wir von selber gingen, weiß ich nicht mehr, wohl aber, dass der »Geordnete Rückzug« – wie das vormals im Wehrmachtbericht geheißen hatte – nur mit Mühe gelang.

Auf dem Heimweg ging die Sonne unter, vom Fluss herauf zog Nebel, aber nicht hoch genug, um uns zu verhüllen, was uns lieb gewesen wäre.

»Du mit deiner Scheißgitarre!«

»Das war doch deine Idee! ›Vorspiel‹, dass ich nicht lache!«

»Höhere Gewalt, Mann, kann ja niemand ahnen, daß die frigid is'.«

Schweigen, dann: »So toll wär's wahrscheinlich sowieso nicht geworden.«

»Nee?«

»Nee, weil – ich glaub, das Tolle is' immer nur, was du dir vorstellst, nicht das, was dann is'.«

»Vielleicht haben wir dann gar nicht so viel versäumt?«

»Wahrscheinlich überhaupt nix.«

Jetzt endgültig Schweigen. Es dunkelte, wie es sich gehört nach einer verlorenen Schlacht.

Aber am nächsten Tag kam der große Knuffke zurück aus dem Krieg.

Und wie er zurückkam – es war ein Auftritt, wie ihn nur der große Knuffke hinbekam. Natürlich war es im Freibad, und die pünktliche Fünfuhrbrise riffelte die Wasserfläche des großen Beckens, und das

Die Freibadclique

Kindergebrüll ebbte langsam zurück. Ich bin nie ganz von dem Gedanken losgekommen, dass schon im Vorfeld seines Erscheinens alles von Knuffke vorbereitet worden war: das Spätnachmittagslicht genau zu der Zeit, wenn es golden wurde, die sonnenbrandroten deutschen Mädchenrücken, auf denen amerikanische Hände amerikanisches Sonnenöl verrieben, der Lucky-Strike-Smog mit Schweißbeimengung, und aus dem Lautsprecher am Mast brach der gewaltige Bläsersatz der Harry-James-Band über die Liegewiese herein: *Trumpet Blues*, die Eröffnungsnummer der täglichen Swingsendung auf AFN – alles Knuffkes Arrangement, um seinem Auftritt die richtige Bühne zu bereiten.

Bubu und ich auf unseren alten Kommissdecken (ich bin sicher, dass Peanut nicht dabei war), die Mädels beobachtend, die in der Amikolonie lagerten und letztes Jahr um diese Zeit noch bei den Luftwaffenfähnrichen gelegen hatten – dachten wir noch an Knuffke? Ich glaube nicht. Ich glaube doch. Ich glaube nicht. Jedenfalls hatten wir ihn abgeschrieben wie Sigurd Rosenacher, den Hosenmacher, der kurz vor Waffenstillstand als vermisst gemeldet worden war – ein Sommer ohne den Hosenmacher, ohne den Zungenkuss, der in seinem Grab am Rhein lag, war von Rechts wegen ja gar nicht vorstellbar, fand aber trotzdem statt, und gar ein Sommer ohne Knuffke – einfach nicht dran denken, irgendwohin schauen, am besten auf die großblumig gemusterten Nylonbadeanzüge aus dem PX-Store, welche die Mädels auf ihren inzwischen wieder wohlgenährteren Leibern hatten, Blätterranken auf den Brüsten und unten auf dem Dreieck ein Blütenkelch – »stell dir vor, du wärst 'ne Hummel«, sagte Bubu, »und würdest deinen Rüssel da reinhängen.« Und ich: »Ich stell mir 'ne Weile gar nix mehr vor nach der Pleite gestern« – Geschwätz wie dies, und die GIs in ihren olivgrünen Schwimmshorts zogen ihre Bräute vom Rasen auf die Steinplatten der Beckenumrandung und machten Boogie-Woogie-Schritte, und die Kids, die sich immer in der pisswarmen Brühe der Fußrinne suhlten, tanzten mit, und hinter dem Gewoge aus großgeblümten Gesäßen und brauner Haut stand einer in schwarzen Klamotten und schaute zu uns herüber – mit einem Auge, denn das andere war verborgen

Die Freibadclique

unter einer schwarzen Augenklappe, und mit einem Fuß wippte er den Rhythmus des Jazz mit, den der Lautsprecher unablässig übers Gelände pumpte.

»Kennst du den?«, fragte Bubu, und ich schüttelte den Kopf. Der drüben schien zu merken, dass wir über ihn sprachen, und lachte. »Knuffke?«, fragten Bubu und ich gleichzeitig einer den anderen, und da schob sich der Schwarze, Hände in den Taschen, die Ellbogen nach außen gestellt, durch das Muster aus swingenden Nylonblumen hindurch auf uns zu und wurde mit jedem Schritt knuffkeähnlicher, bis ihn der Klang seiner Stimme endgültig zu Knuffke machte: »Nu glotzt ma nich an wie'n Jespenst, ihr Saftsäcke!«

Steht da vor uns und lacht. Knuffke, einäugig, lacht, während wir glotzen und nicht hochkommen, weil wir so glotzen müssen. Eine schwarz gefärbte Amiuniform hat er an, die Augenklappe (links) sieht nach Fasching aus – will er als Pirat gehen? Lacht immer noch: »Wat is? Noch nie 'n Mann met een Oje jesehen?« Und während wir endlich hochkommen, aber aus dem Glotzen noch lang nicht heraus: »Is halb so wild; solang de noch zwee Arme und zwee

141

Beene und zwee Eier hast, kannste nich' meckern, wa?«

Und wir stehen jetzt vor ihm und sagen wie auf Kommando: »Mensch, Knuffke ...«

Und im AFN setzt die Goodman-Band ein, und Peggy Lee singt: »I'm gonna love that guy like he's never been loved before« – auch das, als sei es im Ablauf genau vorgesehen für diesen Augenblick –, und wir merken, dass der Kerl inzwischen gut einen halben Kopf größer ist als wir und kein so magerer Hering, sondern ein muskulöses Halbmittelgewicht, und wir sehen, dass sein weißblondes Haar den Army-crewcut hat, während wir immer noch die Oppositions-Tangomähne aus HJ-Zeiten tragen, und im Übrigen ist alles gut, und der Sommer kann jetzt stattfinden. Denn Knuffke ist da.

Sind wir ihm um den Hals gefallen? Gott bewahre, stocksteif standen wir da, Umarmungen hatten wir nicht geübt, das war noch nicht Mode unter Männern, wie wir sie glaubten sein zu müssen. Als sei noch das alte Kommando »Hinsetzen, weitermachen!« gebellt worden, hockten wir uns dreiärschig auf die alten Kommissdecken, die noch nach

Die Freibadclique

Krieg rochen. Dabei hätten wir heulen können vor Rührung, aber Tränen? Um keinen Preis. »Ein deutscher Junge weint nicht« – zwar hatten wir schon in der HJ gelacht über die Verkünder solcher Kernsätze, verkniffene Turnlehrertypen und braungoldbetuchte Parteiredner mit Schweißgeruch, aber bei all ihrer zackigen Lächerlichkeit: Das Zeigen von Gefühlen hatten sie uns doch versaut. Ich glaube, ich habe keinen von uns heulen sehen in all den Jahren – halt, stimmt nicht: Knuffke, ausgerechnet der große Knuffke hatte aus jedem Augenwinkel ein salziges Rinnsal durch die Dreckkrusten auf seinen Wangen geschickt, damals im Herbst, als der Zungenkuss von einer Leuchtspurgarbe beim Kacken am Rheinufer erwischt worden war – hatte indianerhaft ausgesehen, Knuffke, irgendwie nach Kriegsbemalung, zwei helle Streifen im Westwall-Lehmgesicht – jetzt wär's ja nur noch einer, überhaupt: ginge das, einäugig flennen?

Ich glaube, weder Bubu noch ich fragten, was mit dem linken Auge passiert sei, und Knuffke dachte nicht daran, es zu erzählen. Wir waren schon ein komischer Verein. Saßen da auf der Liegewiese, und das linke Knuffke-Auge blieb ausgespart, als habe es schon immer gefehlt – »saßen da« stimmt nicht: Knuffke saß nicht, sondern kauerte in der Amihocke, in der die GIs es stundenlang aushielten beim Würfeln, als säßen sie auf unsichtbaren Nachttöpfen, und teilte aus einer fast vollen Camel-Packung Fluppen aus (für unsereinen nur einzeln erschwinglich bei den kleinen Schwarzhändlern für zehn Reichsmark das Stück). Als er beiläufig nach Rosenacher fragte und von uns erfuhr, dass der verschütt gegangen sei (nach unmenschlichem Ermessen), schloss sich für einen winzigen Moment sein eines Auge, und er sagte: »Det hat ma irjendwie jeschwant, dass der Kleene et nich' schafft. Hat die meeste Kurasche jehabt von uns allen – immer die Hosen voll und so 'ne Kurasche, det is 'ne Mischung, wa, mit die kannste bloß varrecken.«

Die Sonne sackte allmählich ab zu den Waldbergen. Letzte Mütter riefen mit letzter Geduld ihre Kleinen aus dem Nichtschwimmerbecken. In der Amikolonie ließen sie eine Flasche Jack Daniels kreisen, und Knuffkes Camel-Packung wurde immer leerer.

Die Freibadclique

Passendes rötliches Licht zur *Sophisticated Lady* der Ellington-Band aus dem Lautsprecher, aber mittendrin schaltete Bademeister Kress, der Idiot, das Radio aus, und Knuffke schaute auf seine Armbanduhr (hatte er, einfach so!, wir anderen noch lange nicht) und sagte: »Wird langsam Zeit, muss in den Club...«

Und schon glotzten wir wieder, Bubu und ich...
»Club? Was für ein Club?«
»US Officers' Club.«
»Da im Hotel *Pfau*? Da lassen die dich rein?«
»Klar, Mann, dort arbeete ick.«
«Du? Beim Ami? Seit wann?«
»Seit drei Wochen.«
»So lang bist du schon zurück, und erst heut lässte dich sehen?«
»Ick arbeete nachts, und tagsüber penn ick.«
»Wo? Wo wohnst'n du jetzt überhaupt?«
»Ick muss los, Kinna, könnt ja ma vorbeikomm', wenn ihr euch nach'm Curfew noch auf Straße traut, so jejen elfe im Hinterhof, wa? Reinnehm' kann ick euch nich', aber ick komm raus mit wat zu roochen und zu saufen. So long.«

Und ließ uns da sitzen. Und schlenderte davon. Knuffke, schwarzklamottig im goldroten Licht, das ihm der Sonnenuntergang zur Verfügung stellte – ein Abgang, würdig des Auftritts –, kam dicht vorbei an der Amikolonie und winkte einem von denen zu: »Hi, Dave!« Und dieser Dave winkte zurück und hielt ihm die Bourbonflasche entgegen: »Hey, junior, want some booze? It's real panther-piss!« Knuffke schüttelte lachend den Kopf: »No thanks, Daddy-o, you better have the chicks gulp it to get on with the necking-party.« Die Mädels quietschten, die GIs brüllten vor Lachen, und Knuffke ging davon. Einen Augenblick noch glomm sein helles Haar in letzter Sonne, während er sich von den Schultern abwärts schon im Tarnschatten der Begrenzungshecke bewegte. Dann war er weg.

War weg. Hatte uns aber ein paar Fragen hinterlassen, zum Beispiel: War er überhaupt dagewesen? Ich meine, war das unser Knuffke, der Junge, der im Herbst '43 trotzig-verlegen-steif vor unseren Bänken gestanden hatte, vom leicht stotternden Studienrat Ströh-ströhle vorgestellt als der neue Mitschü-

Die Freibadclique

ler und Berliner Bo-bombenflüchtling mit vollem Namen: »Karl Ma-magnus Knu-knuffke«. Wir hatten gewiehert. »Ma-magnus«, ungestottert also »Magnus« – so konnte ein vernünftiger Mensch nicht heißen, auch nicht, wenn »Magnus« nur der zweite Vorname war, das gehörte umgehend bestraft mit einem gesalzenen Spitznamen, nur: Es fiel uns kein richtiger ein. »Ma-ma« hielt sich nur kurz, auch Verballhornungen wie »Maggi« oder »Magirus« wollten nicht haften, »Carolus Magnus«, »Karl der Große« – viel zu lang, auch zu milde. So blieb es vorerst bei »Knuffke«, als ob das schon Spitzname genug sei, und irgendwann hatte sich, wie von selbst, das Adjektiv »groß« dazugeschlichen, wenn auch nur bei Gelegenheiten, die es verdienten, aber dann kaum mehr ironisch neckend gemeint, sondern eher als Titel, den sich einer erworben haben musste: »Der große Knuffke« – das war eine Art Verbeugung der Klasse vor einer Autorität, die mir immer rätselhaft geblieben ist.

War er das, was man damals eine »Führernatur« nannte? Gewiss nicht, denn es lag ihm nichts an Gefolgschaft, geschweige denn an Gefolge. Er war ein

Oliver Storz

Einzelgänger, dem es aber nur selten gelang, einzeln zu bleiben, denn um ihn herum war unablässig unsere Aufmerksamkeit. Was er tat und sagte oder nicht tat und nicht sagte, wurde begutachtet – und genau das schien ihm völlig gleichgültig zu sein. Wenn ich dran denke, wie wir ihn damals feierten, als er sich ins Lehrerzimmer geschlichen und in Ströh-Ströhles Schublade den Text der bevorstehenden Lateinarbeit eingesehen hatte, sodass wir das Kapitel im *Bellum Gallicum* fanden und uns wunderbar vorbereiten konnten – wir ließen ihn hochleben, und einer unserer Bauernsöhne brachte ihm eine ganze Leberwurst mit, und Knuffke: achselzuckend sah er mit leicht verlegenem Grinsen irgendwohin, stumm, oder vielleicht dass er grade noch sagte: »Is ja jut, nu macht keen so'n Theater, wa?«
Oder an jenem klaren Herbstsonntag am Westwall letztes Jahr – die Vogesen märchenblau und bussardüberflogen: Wir hockten im Hof unseres Quartiers und polierten unsere Koppelschlösser, weil Uniformappell angesetzt war. Der Zungenkuss war noch dabei und hatte ein Gerücht aufgeschnappt: Am Abend würde im Nachbardorf drüben ein jun-

Die Freibadclique

ger Russe (»Ostarbeiter«) öffentlich gehenkt, weil er irgendwo ein Stück Leder geklaut hatte, um sich Schuhe zu basteln (die meisten von denen hatten ja allenfalls Holzpantinen), und wir fanden das einerseits Scheiße, andererseits aber doch auch wieder interessant (ahnten noch nicht, dass kein halbes Jahr später auch uns der Strick drohen würde), und es ging das Gequatsche hin und her, ob man da gegen Abend vielleicht hinüberwandern sollte, um sich das anzuschauen.

Und in eine kleine Stille hinein hatte Knuffke gesagt – sah nicht einmal von seiner Arbeit auf, glaube ich: »Ohne mir, Leute, det is keen Kino.« Und damit war die Sache erledigt. Das war Knuffke.

Zurück zu Bubu und mir, trauernd hinterblieben auf der Liegewiese, trauernd um Knuffke, denn: der uns da erschienen war – unser Knuffke war das nicht mehr. Hatte achtlos (oder barmherzig?) sein Zigarettenpäckchen liegen lassen, noch drei waren drin, und ringsumher seine großzügig bemessenen Kippen, die er sorgfältig an den Hartgummisohlen seiner Amistiefel ausgedrückt hatte, damit wir sie aufsammeln könnten – ein Gönner war uns zurückgekommen, ein reicher Onkel, ein – was weiß ich? – irgendwie war viel Welt um den herum, wir dagegen: dieselben Heinis wie damals in der Penne, bloß noch ein Stück verwahrloster (»die durch Diktatur und Krieg sittlich weitgehend verwahrloste Jugend braucht neue Leitbilder«, so hieß es in der Zeitung, die seit Frühsommer wieder regelmäßig erschien, neu aufgemacht unter Kontrolle der Militärregierung, aber es war dasselbe Blatt, das noch Anfang April die deutsche Heldenjugend zum Endkampf ums Reich aufgerufen hatte). Bubu und ich rauchten zwei von den drei restlichen Zigaretten, um die dritte knobelten wir, und ich weiß nicht mehr, wer gewonnen hat.

Dann sammelten wir die Kippen aus dem Gras, dröselten sie auf und teilten uns den Tabak, all dies schweigend, glaube ich, bis Bubu sagte: »Is 'n ziemliches Arschloch geworden, oder?« Ich sah ihn an und erschrak: nicht, dass er die Nagerzähnchen kurz gezeigt hätte wie sonst, wenn ihm etwas nicht passte – er hatte die zu kurze Oberlippe so weit hochgezogen wie nie zuvor, sie war fast verschwun-

Die Freibadclique

den, nur noch ein schmaler Hautrand unter der Nasenwurzel, sodass der obere Zahnfleischwulst, in dem die Sägezähnchen saßen, sich mir wundrot entgegenwölbte, angsterregend, vor allem Angst um ihn: Würde ihm diese Grimasse stehen bleiben wie in einem plötzlich angehaltenen Film, er könnte sein Leben nur noch als Rattenmensch im Raritätenkabinett auf Jahrmärkten fristen ...

»'n Angeber durch und durch – kommt daher schwarz wie Zorro mit der affigen Augenklappe – jede Wette, dass das Auge drunter so heil is wie das andere –, macht Kippen so lang wie die Amis – quatscht perfekten Army-Slang – und zu uns: ›wenn ihr euch nach'm Curfew noch uff die Straße traut‹ – wofür hält 'n der uns – und haste die Uhr gesehen, Schweizer Fabrikat, läuft mindestens uff acht Steine, dafür musste schwarz glatt 'n Anzugstoff, Friedensware, hinlegen – und kein Wort davon, was los war mit ihm bei der SS und all das ...«

»Nich so laut, Mann!«

»Wieso? Is ihm doch prima bekomm' – is lieb Kind bei'n Amis, verkehrt im Army-Nachtklub, und wir hocken da und sammeln seine Kippen,

Mann – der ›große Knuffke‹ – Scheiße, das Arschloch Knuffke ...!«

All das stoßweise, mit hektischen Zwischenjapsern wie ein brüllendes Kind, das vor Heulen keine Luft kriegt – nur noch einmal habe ich Bubu so erlebt: Am Ende der Geschichte, als Knuffke tot war, da kam aus Bubu auch so ein Schwall heraus, aber dann mit einem anderen Text, bei Gott, mit einem ganz anderen Text.

Der Vollmond war nicht eingeplant, verdammt. Machte die menschenleere Stadt zu hell, machte es den Streifen der Military Police zu leicht, einen zu erwischen. »Curfew« war damals, glaube ich, um »21 hours Central-European-Time«, von da an herrschte Ausgangssperre für die Deutschen, ausgenommen Ärzte im Nachtdienst, Feuerwehr und diese lächerliche deutsche Hilfspolizei in Zivil mit weißen Armbinden und Holzknüppeln. In der ersten Besatzungszeit nahmen es die Amis mit dem Curfew noch sehr genau, hatten ihre Angst vor dem »Werwolf«, einer angeblichen Untergrundorganisation von sprengstoffgespickter Hitlerjugend und

Die Freibadclique

Waffen-SS, noch nicht verloren, dabei war der »Werwolf« kaum etwas anderes gewesen als die letzte von Joseph Goebbels stammende Legende.

Überhaupt, komische Leute, die Besatzungsamis der ersten Schicht: einerseits die ständigen Durchsagen für die GIs im AFN, man befinde sich in Feindesland (»Soldier, keep alert!«), und andererseits die fröhliche Bedenkenlosigkeit, mit der sie das Fraternisierungsverbot fast vom ersten Tag an missachteten, Offiziere wie Mannschaften, durchweg kräftig gebaute Guys, die ausgestattet schienen mit einem unerschöpflichen Vorrat an Potenz und Präservativen. Im Radio sang Bing Crosby den Schlager der Saison: *Give me five minutes more!*, und wir Jungs sangen das nach, wenn auch mit der aus dem blanken Neid kommenden Variante: »Give me five inches more...«, einer Bitte, die sich an den Schöpfer richtete, und gelegentlich mochte einem der Gedanke beikommen, dort oben, zwischen grollenden Gewittern, hockte irgendwo auch der Führer und verwünschte seine entartende Flink-wie-die-Windhunde-zäh-wie-Leder-hart-wie-Kruppstahl-Jugend. Wobei gesagt werden muss: Flink waren wir immer noch und

Oliver Storz

mussten es sein, denn wer von einer MP-Streife nach dem Curfew geschnappt wurde, hatte nichts zu lachen: Verhör, Arrest, Prügel (sie hatten diese verdammten weiß lackierten Schlagstöcke und gingen freudig damit um). Als sie im Frühsommer einmal Bubu erwischten, kam der glimpflich davon. Sie ließen ihn im Department auf einem Bein hüpfen und dabei mit erhobenem Arm den Hitlergruß ausüben, bis er umfiel, und sie lachten sich schief. Dann fuhren sie ihn nach Hause, was gut gemeint war, aber ungut endete, denn sein Vater, Justizwachtmeister im Untersuchungsgefängnis (vorübergehend amtsenthoben und seinem Entnazifizierungsverfahren entgegensehend) meinte, ihn verprügeln zu müssen. Bubu schlug zurück, und ein Faustkampf zwischen Vater und Sohn entbrannte. Es sollte nicht der einzige bleiben, wie noch zu berichten sein wird.

Also ich in der verflucht makellosen Mondnacht, die natürlich geliebte alte Klänge im Angebot hat, störend jetzt, weil sie von der Wachsamkeit des Kriegspfads ablenken: »Es war, als hätt' der Himmel die Erde still geküsst« und so weiter. Bleibt mir vom Leib, Schumann, Eichendorff! Halt die Klappe, Heinrich Schlusnus, der du das sangst auf der Lieblingsplatte meines Vaters, der jetzt wohl (wenn er noch lebt) in einem Gefangenenlager nördlich des Brenners sitzt, wir haben seit dem Zusammenbruch der Italienfront nichts mehr von ihm gehört – jetzt gilt es, die hell beschienenen Straßen zu meiden und die dunklen Gassen zu nehmen, möglichst solche, die über Treppen führen, denn da können sie einem mit dem Jeep nicht nach, und für Verfolgungsjagden zu Fuß sind sie in der Regel zu faul. Seitenstechen, als das Hotel *Pfau* erreicht ist, ich meine, der Hinterhof, wo am Torbogen ein Wachtposten steht, Riesenkerl, vermutlich Texaner, und bei ihm, fast zierlich wirkend, Knuffke – ist es Knuffke? – weißes Hemd, dunkle Hose, und – nein, doch! – zwischen den leicht hochgewölbten weißen Kragenspitzen eine schwarze Fliege, passend zur Augenklappe, die dadurch zum Accessoire wird, jedenfalls: Knuffke im Mischlicht aus Mondschein und Hofbeleuchtung unwirklich elegant und von drinnen aus irgendeinem Lautsprecher V-Disc-Musik, die sie in den Clubräumen spielen, momentan läuft *Blues in the Night*, und der texanische Riese bummelt gemütlich ein Stück weg, was bedeutet, dass ich Zutritt habe, und auch Bubu, der nicht viel später eintrifft, wird zugelassen.

Mundgeruch, ein Dunststrom aus Bourbon (Jim Beam) und Kaugummi (Wrigley's) auf Camel-Basis, nicht unangenehm, aber fremd an Knuffke. Ich weiß noch, wir hockten in diesem schwach beleuchteten Hinterhof auf ausrangierten Hotelmöbeln, und Knuffke hatte wie aus dem Nichts diese halbe Flasche Jim Beam zur Hand, teilte uns kleine Schlucke zu von dem Maiswhiskey, der nach Wildem Westen oder New-Orleans-Jazz schmeckte, und belehrte uns (endlich!) darüber, dass er im Club als »assistant barman« arbeite und darüber hinaus eben als »flunky«, was wohl so etwas wie »Mädchen für alles« bedeutete. Fragen ließ er nicht zu, die lächelte er mit diesem leicht verlegenen Grinsen weg, das vielleicht nur deshalb verlegen war, weil er sich genierte, uns so überlegen zu sein. Was wir von ihm erfuhren, schenkte er uns ungefragt ein wie den Schnaps, in knappen Schlucken, mit großen Zwischenräumen. Ab und zu schielte ich, obwohl an Knuffkes Lippen

Die Freibadclique

hängend, zu Bubu hinüber, der so platziert war, dass sein Gesicht am wenigsten Mond- und Hoflicht abbekam, aber ich sah die Zähnchen bei leicht hochgezogener Oberlippe, Dauerstellung, und mir war klar, dass er zu knabbern hatte: gestern die Niederlage bei Ulla, heute ein Knuffke, der alles besaß, was Bubu so gerne gehabt hätte – Welt und Geheimnis.

Was wir gegen Mitternacht über einen Knuffke wussten, wie er zwischen Januar und August auf Erden gewandelt war: Ausbildungsbataillon im Spessart, dann vor die Wahl gestellt: SS-Unterführerschule oder Eingreifreserve Richtung Westfront – »icke und SS-Führerschule, wa?, da is mir ja fast eener abjejangen vor Freude« –, also Front, irgendwo zwischen Schneeeifel und Mosel, vielleicht (vermuteten wir) mit der Absicht, in einem günstigen Augenblick rüber zu machen zum Ami. Dann Durchbruch der Patton-Armee – »die hatten uns am Arsch, so schnell kannste jar nich kieken« –, dann Sammellager, bis die Amis alle Waffen-SS-Angehörigen herausfischten und in ein Sonderlager sperrten – »det war die Scheiße hoch zehn, vastehste, die ham nach Leute jesucht, wat beteiligt jewesen sint an dem Massaker, wat da oben in'n Ardennen passiert sin soll, wo se reihenweise Amis abjeknallt hatten, wat schon entwaffnet waren; aber als det passiert is, war ick ja noch jar nich bei dem Haufen, wa?, und det ham sie mir denn irjendwann ooch jejloobt, die Arschlöcher vom CIC, scharfe Hunde, vastehste, perfekt Deutsch ham die jesprochen, Juden, die een Hass jehabt ham uff allet, wat SS war, kannste ja verstehn, is ja klar, wär' mir ja ooch nich anders jejang', is aber trotzdem Kacke, wenn de da im Verhör hockst und kriegst den janzen Rassenscheiß um die Ohren jeklatscht, wie wenn de ihn persönlich erfunden hättst« –, schließlich Entlassung aufgrund seines jugendlichen Alters gleich nach dem Waffenstillstand Anfang Mai – und dann?

Da war eine Riesenlücke bis August. Wo war Knuffke da gewesen? Was hatte er getrieben? – »Nischte, rumjehangen ebent, beim Tross. Armyfollower, wa?« – Aber die Lücke blieb, das spürten wir. Da sparte Knuffke was aus, und wir fühlten uns schlecht bedient mit der Auskunft »Army-follower«. Natürlich war er einer jener ungezählten

Die Freibadclique

Halbwüchsigen, die sich im ersten Nachkriegssommer als winzige Lebewesen an der Außenhaut des Riesentiers Army festsaugten, um sich nützlich zu machen und dadurch zu ernähren als Küchenhilfen, Wagenwäscher, Dolmetscher und Gelegenheitskuppler – aber das war nicht alles, da war mehr, zum Beispiel die Sache mit Knuffkes linkem Auge, die er auch jetzt noch mit keinem Wort erwähnt hatte, so, als sei es nichts als eine etwas überkandidelte Mode, links eine Augenklappe zu tragen – unbefriedigend, das alles, sodass Bubu (nach ein paar weiteren zugeteilten Schlucken Bourbon) endlich die Frage wagte: »Und das mit dem Auge, wann is das passiert?«

Und Knuffke hob leicht die Achseln, er hatte wieder diesen Blick zwischen Verlegenheit und – ja: Hochmut (wie früher, fiel mir ein, in der fernen Zeit, als wir den HJ-Dienst noch nicht schwänzten, wenn der Gefolgschaftsführer Fröhlich Knuffke gewohnheitsmäßig anbrüllte: »Menschenskind, hast du überhaupt keinen Funken Disziplin im Leib?«).

Knuffke sagte: »Och det? Det war so 'ne Art Unfall, wa?«

Aber da kam Bubu halb von seinem Freilufthotelsessel hoch, beugte sich zu Knuffke hin vor und war mit dem Zeigefinger plötzlich dicht vor der Augenklappe. »Dürfen wir mal sehen? Bloß mal ganz kurz?«

»Nee, Mann, zieh deine dreckjen Griffel ein, sonst fängste eene. Da kiekt ma niemand hin. Det jehört mir janz alleene.«

»Na, dann wissen wir ja Bescheid. Da is gar nix, die reine Interessantmache!«

»Klar, wenn de meenst...«

Bubu fiel in den Sessel zurück. Mir war nicht wohl. Irgendwann würde es zu einer Schlägerei zwischen Knuffke und Bubu kommen, und anstandshalber müsste ich dazwischen, um Bubu zu schützen, was ein undankbarer Job werden würde. Schweigen jetzt. Drinnen spielten sie eine Platte mit der fabelhaften Count-Basie-Band: *Jumpin' at the Woodside*. Mich wunderte, dass Knuffke sich nun schon über eine Stunde mit so unwichtigen Figuren wie uns abgab, während an der Bar vermutlich die Offiziere mit den Darlings auf ihre Drinks warten mussten, aber konnte ja sein, dass Knuffke abgelöst worden war – jetzt jedenfalls bediente er sich sorgfältig selbst, keine Zuteilungen mehr an uns, nur noch knappe, doch häufige Knuffke-Schlucke, und dann kam es mit einem Mal heraus: Er war in diesem SS-Sonderlager eines Nachts von zwei CIC-Beamten ins Kreuzverhör genommen und hart angefasst worden, sodass er die Nerven verloren und etwas von Scheißjuden geschrien hatte, die auch nicht besser seien als die Nazis, worauf er ein paar gewaltige Backpfeifen bezog. Damit wäre das erledigt gewesen, nur: Knuffke schlug zurück und drosch einem von ihnen die Brille ins Gesicht. Daraufhin nahmen die ihn zwischen, bis er ohnmächtig wurde. Dass dabei einer der beiden Knuffkes Auge so unglücklich traf, dass es auch von einem Spezialisten im Military Hospital nicht mehr zu retten war ...

»Jewollt hat der Idiot det nich, ick jloobe, den ham se dann strafversetzt oder sowat – konnt' ick mir aber nischt für koofen, und uff die Idee, dassa mir'n Glasooje spendiert, is Uncle Sam nich' jekomm', aber keene Sorje, det hol ick mir, det hol ick mir von denen doppelt und dreifach!«

Oliver Storz

In diesem Augenblick trat sein Gesicht rötlich aus dem Halbdunkel, weil er sich mit seinem Army-lighter eine Zigarette anzündete, und ich sah in ein Männergesicht, ein sechzehnjähriges Männergesicht.

Ich sah noch mehr: diese Turnhalle vor einem Jahr, die Holztische mit den grauen SS-Tanten dahinter, die eine Vollbusig-Rotblonde, die Knuffke zweimal so heftig ins Gesicht schlug, dass ich es jetzt noch klatschen hörte, und ich sah den großen Knuffke, erst rot, dann weiß vor Scham, sah, wie er sich von da an in diesem sonnendurchfluteten Saal nur noch mit der Motorik einer mechanisch betriebenen Puppe bewegte und wie er in der dritten Runde an den SS-Tischen vorbei, als sich die schwarze Prothesenfaust des Untersturmführers wieder erhob, den Annahmeschein unterschrieb – klar, der Junge musste zurückschlagen, als er ein halbes Jahr später abermals geohrfeigt wurde, damit hat er sich gerettet, wenn auch um den Preis seines linken Auges – so muss es gewesen sein: ein »Befreiungsschlag«, wie die Sportreporter sagen.

Die Freibadclique

Die Mondhelle ebbte zurück hinter eine Wolkenbank, die sich von Westen herangeschoben hatte, als Knuffke (gesprächiger geworden, als vorauszusehen war) eine Art Schlusswort sprach: »Wenn mir mal eener frajen sollte, wat det nu for mir jewesen is', der Krieg, da ha' ick 'ne scheene Antwort: ›Zuerst hat mir die SS verhauen, und denn, als ausjleichende Jerechtigkeit, ham mir die Jidden verhauen – det war meen Krieg, is' nich' jrade ville, aber mir hat et jereicht.«

Bubu und ich hielten ein kurzes Schweigen für angebracht, und – reiner Zufall – auch von der Bar her kam in dieser Minute weder Musik noch Gelächter, sodass man in der Stille aus dem Bannwald, der sich knapp hinter der Stadtmauer am Hang hochzog, ein Käuzchen kichern hörte. Und dann, unmittelbar danach, bog McKees Cadillac in den Hof ein, und fast gleichzeitig trat Gunda aus dem Hintereingang der Bar – auch das reiner Zufall? Heute gibt mir das zu denken, ich meine: Der Totenvogel ruft, und dann – als sei das ein Signal gewesen – treten zwei Leute auf, die irgendwie mit Knuffkes Tod zu tun gehabt haben müssen, das ist zumindest seltsam. Ich bin nicht abergläubisch, und doch: Es gibt geheime Zeichen, die – ich verliere mich, also der Reihe nach:

Wer war McKee?

McKee (Vorname George, oder Geoffrey?) war in jener Nacht für Bubu und mich nicht mehr als irgendein Ami, der einen teuren Schlitten fuhr, Zivil trug und einen kantigen, kurzgeschorenen Schädel hatte, mehr war im Dämmerlicht durch die matt spiegelnde Scheibe des Autofensters nicht zu erkennen – ziemlich kümmerliche Zielansprache für einen mächtigen Mann, doch später wussten wir mehr: Chef des regionalen CIC-Departments (also des Geheimdiensts der Besatzungsarmee) im Rang eines Captain. Nie trug er Uniform, nie trug er andere als graue, höchstens taubenblaue Anzüge, nie trug er über dem makellos weißen Kentkragen einen anderen Gesichtsausdruck als unbeteiligte Höflichkeit, was seinem Maskenantlitz völlige Faltenfreiheit erhalten hatte, obwohl er damals schon Ende dreißig gewesen sein dürfte, ein ansehnlicher Mann, irisch-italienische Mischung, sagen wir: eine Kreuzung

Die Freibadclique

zwischen einem Botticelli-Geschöpf und einem New Yorker Cop. Knuffke, der ihn aus zunächst undurchschaubaren Gründen näher kannte, benutzte Slangausdrücke, wenn er sich über ihn äußerte: »Bright guy, but kind a' phony«, was so viel heißen sollte wie »viel Köpfchen, aber 'n linker Vogel«.

Und wer war Gunda (Kowollsky? Kuwallsky?)?

Die kannte ich – leider – nicht so gut, wie ich mir gewünscht hätte. Unvergesslich ihr Einzug in unsere südliche Vorstadt kurz nach Kriegsende. Ich war zufällig auf der Straße, habe es gesehen und augenblicklich bedauert, dass ich mich nicht vervielfältigen konnte zu einem Ehrenspalier, das ihr zweifellos zugestanden hätte. Sie zog ein wie eine Königin, so schön und hoheitsvoll, wenn auch eine Königin ohne Land, verarmt und leider auch verspottet: Man muss sich eines dieser dreirädrigen, leichtmotorigen Vorkriegslieferwägelchen mit spitz zulaufender Kühlerhaube, winziger Fahrerkabine und offener Ladefläche vorstellen, mit denen einst Gemüsehändler ihre Ware oder Malermeister ihre Farbtöpfe transportierten – so ein Gefährt; nun aber war der Motor ausgebaut, stattdessen ragte aus dem

Oliver Storz

Kühler eine Deichsel, an der ein knochiger Grauschimmel ging, der das Ziehen einer solchen Kutsche für tief unter seiner Würde hielt, das sah man, die Zügel liefen vom Halfter über die rotkreuzbemalte Kühlerhaube in das Fahrerhäuschen hinein, und in der Hand hielt sie ein Dr. Wittenbrück, Zahnarzt aus Frankfurt/Oder. Der war ein umsichtiger Mann und hatte seine Praxis mitsamt Sprechstundenhilfe gleich mitgebracht: Auf der Ladefläche standen etliche solide vernagelte Kisten (ebenfalls mit dem Rotkreuzzeichen und der Aufschrift *Medical Instruments* versehen), beherrschend in der Mitte der Behandlungsstuhl – nein, der Thron der Königin: Gunda in Schwesterntracht, das weiße Häubchen krönend im tizianroten Haar, ihr Lächeln nach allen Seiten war huldvoll, doch knapp bemessen und in jedem Fall unbeirrbar, mochten die Gaffer am Straßenrand lachen und witzeln, wie sie wollten. Ich weiß nicht, ob ich jemals wieder ein so leuchtendes Inbild der Souveränität gesehen habe wie Gunda auf diesem lächerlichen Karren, der durch sie zum Triumphwagen wurde, und die Vorstellung, dass dieses zahnmedizinische Flüchtlingspaar dergestalt

Die Freibadclique

durch das Chaos des Kriegsendes, durch drei sich eben bildende Besatzungszonen gezogen war, dass es Wege gefunden haben musste, um plündernde Iwans, herrschsüchtige Tommies, besoffene Amis zu umgehen (oder falls nicht, irgendwie zu besänftigen) – diese Vorstellung hat meine Fantasie noch lange beschäftigt. Wurde Wegzoll entrichtet? Etwa von Gunda? Etwa, indem sie sich teilweise ihrer keuschen Schwesterntracht entledigt und dadurch ihre Leibhaftigkeit zugänglicher gemacht haben könnte, sodass …? Nein, meine Knabenfantasie bevorzugte ein anderes Bild: eine trunken-begehrlich glotzende Soldateska, die unter Gundas hoheitsvollem Blick kuschte wie unter Peitschenhieben und die fahrbare Zahnarztpraxis passieren ließ – immer weiter Richtung Südwesten, immer weiter bis in unsere kleine Stadt.

Warum aber ausgerechnet zu uns? Das stellte sich bald heraus: Gunda war eine Nichte des Hotelbesitzers Kleinohr und hatte gehofft, mit ihrem Zahnarzt (und Geliebten?) im *Goldenen Pfau* unterzukommen, in dem jedoch längst die Amerikaner saßen, während sich der Hotelier als ehemaliger NS-Kreisjägermeister (ehrenamtlich, aber Göring unterstehend) im »automatic arrest« der Besatzungsbehörde befand. Dennoch kam Gunda im *Pfau* unter, wenn auch ohne den Zahnmediziner. Kein anderer als Captain McKee hatte dies veranlasst, denn bei der Routineüberprüfung der Neuankömmlinge aus dem Osten war ihm die Idee gekommen, dass die attraktive Tizianrote, die auch leidlich Englisch sprach, sich glänzend ausnehmen würde als eine Art Chefin de Salle im Officers' Club, ein Angebot, das von einigem Vertrauen kündete, freilich auch – machen wir uns nichts vor – von der Hoffnung auf künftige Vertraulichkeiten.

Wie es mit Dr. Wittenbrück weitergegangen ist, kann ich nicht mehr genau sagen, meine mich aber zu erinnern, dass der sich schließlich irgendwo am Stadtrand in beengten Verhältnissen niederlassen konnte und gut zu leben hatte von einer (amtlich wohl kaum registrierten) Anlaufstelle für Notfälle: eingeschlagene Zähne, ausgerenkte Kiefer und dergleichen, vorwiegend Amikundschaft, weiß und schwarz – wie erbittert sie sich immer in den Kneipen schlugen, sie vertrugen sich wieder in Dr. Wit-

Die Freibadclique

tenbrücks Wartezimmer. Bezahlung in Zigarettenwährung natürlich.

Jetzt aber Gunda by moonlight:
Ich könnte behaupten, dass in dem Augenblick, da sie von der Bar her in den Hof trat, die Wolkenbank sich in Schleiern löste und das Mondlicht auf sie niederbrechen ließ. Ich könnte behaupten, dass in diesem Moment auf dem Plattenteller die Glenn-Miller-Band mit ihrem schönsten Song einsetzte: *You stepped out of a dream* – ich weiß das nicht mehr, aber es wäre alles wahr. Ich höre den flirrenden Saxophonsatz mit der oktavierten Klarinettenstimme darüber, die Ouwah-ouwah-Einwürfe der vier mit Dämpfer spielenden Posaunen, ich sehe Gundas helles Gesicht im Barockrahmen ihrer Haarwellen, deren dunkles Rot nun fast schwarz war, das knapp bemessene Lächeln über dem hochgeschlossenen nachtblauen Kleid, dieses Lächeln, das sagte: »Ich sehe, du bist hingerissen, wie schön – aber lassen wir es dabei.« Und der Bandvocalist sang: »... you are too wonderful to be what you seem ...« – der reine Kitsch alles, aber im damaligen Leben von

sechzehnjährigen Bengeln hat es eben Augenblicke gegeben, in denen Kitsch nicht nur schön wurde, sondern wahr. Bubu und ich waren weg, platterdings gebügelt.

Und was tat Knuffke? Stand auf, warf seine Kippe weg und geleitete den Traum, der Gunda hieß, zu McKees Wagen, und dies auf eine Art – wie soll ich sagen? – höflich-vertraut, kavaliersmäßig auf leichter Tuchfühlung, aber keinen Millimeter zu dicht an ihr dran, ein Bediensteter zwar, aber ein vielleicht für ganz spezielle Dienste erkorener – was wussten wir schon? Immerhin hatten wir gute Augen, und die sahen, wie McKee ausstieg, Gunda flüchtig umarmte und sie zugleich ein winziges, aber messbares Stück von Knuffke wegschob. Dann küsste er sie auf den Hals, und uns entging nicht, wie Gunda mit dem Kopf ein winziges, aber messbares Stück auswich, also wieder ein winziges, aber messbares Stück zu Knuffke hin, sicher: ungewisse Dinge im ungewissen Licht – sahen wir sie damals wirklich, oder glaubten wir nur – vom Ende her betrachtet –, sie gesehen zu haben? Egal. Gewiss ist, dass Gunda dann mit schnellen Schritten um das Heck

Die Freibadclique

des Cadillac herumging und auf der Beifahrerseite einstieg, während McKee und Knuffke noch einen Augenblick leise miteinander sprachen, wir verstanden kein Wort, sahen aber von McKee befehlende, zumindest anordnende Handbewegungen. Knuffke hingegen stand mit locker in die Hosentaschen eingehängten Daumen da, nickte ein paar Mal kaum merklich und hatte für McKee das gleiche verlegenüberlegene Lächeln wie für uns – vermutlich, denn wir sahen ihn nur schräg von hinten. Dann stieg McKee in den Wagen, rangierte und fuhr aus dem Hof. Knuffke winkte kurz hinterher, und das Winken galt Gunda, nicht McKee, das war klar.

»Wer war'n das?«, fragte Bubu, als Knuffke wieder zu uns trat, sich aber nicht mehr setzte, dafür beiläufig auf seine prächtige Omega schaute, und es war klar, dass er die Beiläufigkeit spielte. Er wollte uns jetzt los sein, und er wollte, dass wir das merkten, also höflicher Rausschmiss. Diese Höflichkeit war neu. Genau genommen, denke ich heute, ist das schon die Sterbeminute der Freibadclique gewesen.
　»Sag doch, wer war das?«

»Unwichtig ... Business.«

»Schwarzmarkt, ja?«

»Det Wort kenn' ick nich', is ebent Business.«

»Mann, Knuffke, kannste uns da nich' 'n bisschen mitmischen lassen?«

»Nope, buddy, those stakes 're too high for you fellows.«

»Was für ›stakes‹, Mann? Uns kannste's doch sagen!«

»Da jeht's nich' um 'n paar Kilo Bohnenkaffee oder drei Stangen Camels oder so, da jeht's waggonweise, vastehste, and if you fuck it up, you're finished. Ick kann euch da nich' mit reinziehn, klar?«

Bubu lachte böse mit großzügig entblößten Nagern: »Schon klar, big boss, Gangstertalk aus'm Amikino, könn' wir auch – it's boast, it's kid-stuff!«

Knuffke hob leicht die Schultern und schaute mit dem Knuffke-Lächeln an ihm vorbei in die Nacht – genau die Reaktion, die Bubu rasend machen musste, und in diesem Augenblick begriff ich, dass Knuffke – wenn schon – die Auseinandersetzung *jetzt* wollte: Bubu (auf den schweren Maiswhiskey ebenso wenig geeicht wie ich) würde unsicher auf den Beinen sein,

Die Freibadclique

und Knuffke könnte die Sache mit einem, höchstens zwei genauen, aber milde bemessenen Jabs erledigen, sodass es zu einer wüsten Hauerei gar nicht erst kommen würde. Und richtig: Bubu sprang auf – und das schon schwerfälliger, als ihm bewusst war – und schob sich dicht an Knuffke heran.

»Arschloch!«

»Okay, weiter!«

»Son of a bitch!«

»Okay, wat noch?«

»Cocksucker!«

»Dufte, weiter, kannst dir ruhig aussprechen, Sweetie-pie!«

Da schlug Bubu zu. Knuffke nahm den Kopf knapp zurück und kickte gleichzeitig mit seinem linken Schuh Bubus Standbein seitlich weg, und das war schon alles: Bubu stürzte und wäre böse aufs Gesicht gefallen, wenn Knuffke und ich ihn nicht aufgefangen hätten. Wir setzten ihn auf eines der altdeutsch-ausrangierten *Pfau*-Möbel, wo er regungslos hocken blieb und mich anstarrte, immer nur mich. Das Ganze war schon vorbei, als der texanische Riese, der im Torbogen mit einem deutschen

»Bubble-girl« (Geschirrspülerin) geschäkert hatte, bei uns war und mit dem schleppenden Singsang des Südstaatlers zu Knuffke so etwas sagte wie: »Listen, sonny, you better get rid of those kids now, we don't want that kind a' rumblin' 'round here, see?« Und Knuffke nahm ihn beiseite und sprach leise mit ihm – der Name »McKee« oder eher wohl »Captain McKee« stach ein-, zweimal pfeilspitz aus dem Gemurmel hervor –, und dann ist, glaube ich, Knuffke eilig in Richtung Bar verschwunden, ich denke, um zu telefonieren. Ob er zu uns oder wenigstens zu mir noch was gesagt hat, weiß ich nicht mehr, jedenfalls hält kurz darauf ein Jeep mit zwei weißbehelmten MPs vor dem Torbogen, und der Riese aus Amarillo (oder weiß Gott woher) packt Bubu und mich am Genick wie junge Hunde und schiebt uns zum Jeep, hebt uns hoch und lässt uns auf die Rücksitze fallen und singt dabei mit seinem südlichen Timbre eine Arie wie: »Listen, you goddamn little kraut-wet-noses, we gonna shove you home right now, see? It's time for you to sack in, see? An' thank the Lord on your knees that I ain't your old man, 'cause otherwise I'd tan your fuckin' hide like hell, see …?«

Wahrscheinlich hat er noch weiter gesungen, aber da jammert schon der gefolterte Jeepmotor mit Kopfstimme auf, und der Wagen schießt mit uns hinaus in die immer noch mondhelle Stadt.

Diese Heimfahrt hinten drin in dem Jeep – hilf mir Gedächtnis, was weiß ich noch? Einen großen, waagrecht liegenden leuchtenden Doppelpunkt in der Nacht: die beiden weißen Rundhelme der MPs vor uns, die sehe ich noch. Und wie der Beifahrerhelm sich mehrmals halb über die Schulter zu mir umdreht (ohne dadurch ein Gesicht zu bekommen) und nach dem Weg fragt, und wie ich jeweils schreie: »Slow down, please! Thirty meters ahead you gotta go sharp to the right (or left)!« Und dass der dauerhaft schweigsame Fahrerhelm jeweils kurz nickt, aber nicht vom Gas geht, sondern die Karre übers Kopfsteinpflaster unseres verwinkelten Nestes jagt, als reise er in den Great Plains zwischen Kansas City und Denver, wo der Highway auf tausend Meilen kaum eine Biegung hat, und dass wir geisterhafterweise dennoch keine einzige Hausecke mitnehmen und dass es Bubu und mich mehrmals fast rechts oder links aus dem Wagen haut – alles das ist noch da, auch, dass der Beifahrerhelm irgendwann zum Fahrerhelm sowas gesagt hat wie: »Fuck a duck, man, if that is what we're here for: givin' goddamn little Nazi-bastards a fuckin' ride home!« (Schwacher östlicher Emigrantenakzent, glaube ich) – alles noch da, aber das viel Wichtigere fehlt mir, das mit Bubu, verdammt, es muss doch während dieser Fahrt gewesen sein, dass Bubu, dieser Idiot, plötzlich angefangen hat von der Knarre... und ich weiß es nicht mehr, nicht mehr richtig...

... es ist Wasserschöpfen mit einem Sieb, es ist Starren auf einen Bildschirm, der von keinem Sender beliefert wird, hellgraues Graupeln, und dann: doch noch Schatten, schwimmende Umrisse, Stimmen aus der Tiefe von Jahrzehnten, etwa so:

»Ich hab' die Knarre noch.«

»Was für 'ne Knarre?«

»Na, die Null-acht vom Volkssturm.«

»Quatsch, wir ham doch alles weggeschmissen.«

»Ich nicht.«

Die Freibadclique

»Du bist besoffen, Mann, wir ham alles runtergeschmissen in die Murrbachschlucht, du die Nullacht, ich den Karabiner, Jumbo seine Scheißhandgranate...«

»Ich hab bloß so getan.«

»Scheiße, Mann, das war fest ausgemacht, keiner hat mehr 'ne Waffe, sobald wir in Amisichtweite sind.«

»Hab mir halt gedacht: die schöne Null-acht, wer weiß, zu was die noch mal gut sein kann, na bitte, jetz' is der Fall da.«

»Was heißt das nu' wieder? Du willst doch nicht... bist du total plemplem?«

»Quatsch, is doch bloß Spaß, Mann, lass mich doch bissel spinnen, ich hab' keine Knarre mehr, so wenig wie du, bin doch nicht blöd.«

So ähnlich... und dann hat er in sich hinein gekichert, das höre ich noch, und wahrscheinlich hat mich gewundert, wie blau er war, obwohl er doch von dem Bourbon nicht viel mehr abgekriegt haben konnte als ich, aber natürlich: Er hat gelitten in dieser Nacht, das war klar, muss tief enttäuscht gewesen sein von mir, weil ich ihm nicht geholfen habe, als er auf Knuffke losging – wir hatten damals ja so eine Taktik gegen die dicken Mackers: Der eine greift an, der andere ist plötzlich hinter dem Mann und hält ihm die Arme fest – nur: Knuffke hat seine Arme gar nicht gebraucht, um Bubu umzuschmeißen. Ich denke, genau das hat den armen Kerl gebrochen, das, und dann noch Knuffkes noble Art, uns heimfahren zu lassen – elegant, alles in allem: Als wir ihm lästig wurden, hat er uns abgeschoben, aber so, dass wir ihm noch dankbar sein mussten, denn der Heimweg zu Fuß, ich mit dem angeschlagenen Bubu über drei Stunden nach der Sperrstunde, und dann eine Streife – wir hätten keine Chance gehabt.

Einzelheiten, die sich immer wieder vorlaut dazwischendrängen, zum Beispiel: dass ich mich in hellen Nächten auf dem Dach nicht wohlfühlte – wieso auf dem Dach? Nun ja, weil das bei Nacht mein einzig möglicher Rückweg in unsere Wohnung war, denn einen eigenen Hausschlüssel hatte mir Charlotte, meine Stiefmutter (vermutlich der letzten Anweisung meines Vaters folgend, bevor der Krieg ihn holte) nicht anvertraut. Meine nächtliche

Die Freibadclique

Heimkunft führte jedes Mal von der Straße aus per Klimmzug auf die Hofmauer, von dort unschwer auf das Dach des Waschküchenvorbaus, dessen Schräge allenfalls gefährlich wurde, wenn die Ziegel regennass oder zugeschneit waren. Vom Dach nach fünfzehn Metern per Klimmzug zu einem Fenster im ersten Stock, das ich vor dem Weggehen vorsorglich aufgeklinkt, aber natürlich nicht geöffnet hatte, ganz einfach alles, nur in Mondnächten bestand die Gefahr, von der Nachbarin gegenüber, die gelegentlich an Schlaflosigkeit litt und am Fenster hockte, beim Einsteigen beobachtet zu werden. Ein paar Mal muss sie mich tatsächlich gesehen (aber nicht erkannt) haben, denn im Milchgeschäft ließ sie die Meldung durch die Schlange der Hausfrauen laufen, dass die Frau vom Doktor drüben nächtens hin und wieder heimlichen Herrenbesuch bekomme – nein, kein Einsteigdieb könne das sein, denn sonst sei doch die Polizei verständigt worden, wovon man ja schließlich gehört haben würde, »nein nein, es is schon die Natur ...«, und den Einwand, dass die Doktorsfrau einen eventuellen Liebhaber doch in aller Diskretion durch die Haustüre einlassen könne, ließ sie nicht gelten: »Des traut sie sich net wegen dem Buben, wenn der was merkt, weil er grad am Klo is oder so – stellen Sie Ihnen mal vor, der Doktor kommt aus'm Krieg heim, und der Bub sagt ihm was – du liebes Kehrblech, was für ein Skandal!« So ähnlich, derlei Geschwätz, wie von unserer Zugehfrau zu erfahren war.

Irgendwann stellte sich dann heraus, dass den investigierenden Überlegungen der Nachbarin ein sozusagen topografischer Irrtum zugrunde lag. Sie war der Meinung, dass das ominöse Fenster ins elterliche Schlafzimmer führte und somit einem amourösen Einsteiger wahrhaftig den kürzesten Weg in die Arme der Doktorsfrau eröffnet hätte. Der Beobachterin war jedoch entgangen, dass nach der Eheschließung meines Vaters und Charlottes im Frühjahr '44 in unserer Wohnung ein Zimmertausch stattgefunden hatte: Mein geräumiges Bubenzimmer, das auf der anderen Seite lag, war als Schlafzimmer für das neue Ehepaar eingerichtet worden, während ich ins bisherige (kleinere) Schlafzimmer des Vaters verlegt wurde, eine Regelung, die mir damals schon höchst willkommen gewesen war, eben weil sie den un-

Die Freibadclique

kontrollierten, schlüssellosen Aus- und Eingang über Waschküchendach und Hofmauer ermöglichte.

Du musst, liebe Charlotte, schon im Herbst '44, als die Wehrmacht dir den Gatten entführt hatte, eine Ahnung von den nächtlichen Ausflügen deines neuen Sohnes gehabt haben, und spätestens in der Amizeit muss dir vollends klar geworden sein, dass ich – Curfew hin oder her – ein Nachtleben nach Belieben führte. Du warst klug genug, mich nie zur Rede zu stellen, mich vielmehr im Glauben zu lassen, du wüsstest von nichts. Es war die beste Lösung, alles andere wäre misslich geworden: Verbote hätten, wenn überhaupt, nur kurzfristige Wirkung gehabt, und die Alternative, mir mit fortschrittlich-toleranter Geste einen Hausschlüssel zu überlassen, hätte dich in doppelter Hinsicht zur Komplizin gesetzeswidrigen Handelns gemacht: Ich verstieß ja nicht nur gegen eine Bestimmung der Militärregierung, es galt ja auch noch das alte Jugendschutzgesetz, das Jugendlichen unter achtzehn den Aufenthalt auf der Straße oder in Lokalen nach zwanzig Uhr streng untersagte. Du, Charlotte, hast vorausgesehen: Würde ich in Schwierigkeiten kommen, hättest du als ahnungslos-bestürzt-empörte Erziehungsberechtigte wesentlich bessere Chancen, mir zu helfen denn als Mitwisserin, womöglich Kupplerin (konnte man denn sicher sein, dass das verwilderte Bürschchen nicht auch ebenso verwilderte Mädels übers Dach in seine Bude gelotst hatte?). Ach, Charlotte, du warst groß und weise und auf deine Art für mich die Freiheitsstatue jener Tage. Umso mehr bedaure ich noch heute den fürchterlichen Schrecken, den du an jenem Morgen bekommen hast, denn: Die Military Police holte mich aus dem Bett und führte mich ab, als ich notdürftig (»Mak snell!«) angezogen war – einen Haftbefehl mit Angabe von Gründen brauchten die ja damals nicht, es kann aber sein, dass die eine der beiden Freistilringerfiguren etwas von »security-measures« gemurmelt hat.

Vor dem Haus stand ein Half-truck mit geschlossenem Verdeck, in den sie mich hineinschaufelten, und als ich da drin Bubu (Handschellen an) verstört in einer Ecke kauern sah, begriff ich, was los war: Der »Werwolf« ging um.

Die Freibadclique

»Arschloch!«, sagte ich zu Bubu, kassierte aber sofort einen Stoß von schräg hinten, der mich auf die linke hölzerne Längsbank warf.

»Shut up!«, rief der eine MP, der mit mir aufgestiegen war, »you're not allowed to talk to each other, got that, buster?«

Man ist ja manchmal mutiger, als die Polizei erlaubt, und so sagte ich: »But this must be an error, Sir, we ...«

»I said ›shut up‹, or want me to brush your teeth a little bit?« Der Mann hatte die Faust erhoben, und so wurde es eine schweigsame Fahrt.

Der »Werwolf« ging um. Sie brachten uns hinaus zur Garnison, wo im ehemaligen Kommandogebäude der Luftwaffe unten drin das Counter-Intelligence-Department seine Diensträume hatte. Und darunter ein paar Arrestzellen. Die waren nicht ungemütlich, weil aus Dutzenden von Western vertraut: Gitterstäbe, durch die man hinauslangen konnte, wie Jimmy Stewart, Bob Mitchum, Randy Scott und all die anderen es uns vorgemacht hatten: eventuell dem Sheriff, wenn er zu dicht rankam, den Colt aus dem Holster reißen oder von der Liebsten einen Blumenstrauß empfangen, in dem ein Dietrich versteckt war – Vergünstigungen, die der klassische Western nur den unschuldig Eingesperrten gewährte, und unschuldig waren wir ja, nur leider: Der »Werwolf« ging um. Der Weißhelm im Jeep gestern Nacht, der mit dem leicht östlichen Akzent, musste Deutsch verstanden und Bubus idiotisches Gequatsche ernst genommen haben: Ein halbwüchsiger Deutscher im Besitz einer Waffe – schon der Gedanke genügte, um damals in unbedarften Amiköpfen ein Gespensterheer erstehen zu lassen, blutrünstig-blonde HJ-Bestien, die im Untergrund auf ihre Chance lauerten.

Wie lange wir in unseren Zellen saßen, Bubu am einen Ende des Trakts, ich am anderen, weiß ich nicht mehr. Draußen im Gang hockte ein GI und döste über einem Comic-Heft. Es war sehr still, denn die Zellen zwischen Bubu und mir waren leer, und ich glaube, irgendwann bin ich auch eingedöst.

Und dann war da plötzlich Knuffkes Stimme, leise, aber nicht flüsternd: »Wat habt'n ihr Blödmänner jestern Nacht noch für 'ne Scheiße jebaut?«

Die Freibadclique

Er stand in seinen schwarzen Amiklamotten am Gitter und winkte mich zu sich her ...

»Mensch, Knuffke, was machst 'n du hier?«

»Ick ha' ma als Dolmetscher einteilen lassen, wie ick erfahren hab, dasse euch am Arsch ham. Pass uff, Junge: Ihr könnt keen Englisch, ihr versteht keen Wort, klar? Überlasst mir det Jequatsche, dann kann ick det vielleicht hinbiejen. Und nu ma ehrlich unter Kumpels: Wat is Sache mit Bubu? Hat er die Knarre noch?«

»Garantiert nicht. Ich hab' mit eigenen Augen gesehen, wie er sie in' Murrbach geschmissen hat.«

»Mitsamt Munition?«

»Er hat bloß die sechs Schuss gehabt, die im Magazin waren.«

»Jut ... Der Vernehmungsbeamte is schwul. Am besten, ihr macht 'n bissgen ängstliche Kinderoojen, det wird ihm jefallen. So long.«

Es ergab sich keine Möglichkeit, Knuffkes Anweisungen an Bubu weiterzugeben, aber der Kerl war so kleinlaut – immer noch die Handschellen an –, dass er sein Verhalten von sich aus ganz nach dem meinen richtete. Es lief sehr gut. Zwar sah Lieutenant Wannemaker (in Zivil natürlich) eher nach Clark Gable als nach einem Schwulen aus, aber was wussten wir damals schon über Schwule? Knuffke war wunderbar. Er veränderte oder erweiterte die Fragen, die Wannemaker stellte, ebenso wie unsere Antworten dergestalt, dass sich das Bild zweier durch Krieg psychisch schwerstgestörter Kinder ergab, deren zertrümmertes Selbstgefühl gelegentlich noch aufzuckte in »silly boasting of manliness«. Insgesamt standen wir – vor allem Bubu – da als harmlos-infantile Narren, die in Wirklichkeit nie Waffen gehabt hatten und gerade deshalb davon faselten, um sich selbst ein bisschen wichtiger vorzukommen. Dem Lieutenant schien das einzuleuchten. Unvergesslich ist mir Bubus gequältes Gesicht beim Anhören der Charakterskizze, die Knuffke von ihm entwarf. Er muss ihn gehasst haben dafür und ihm doch gleichzeitig zu Füßen gelegen sein, besonders, als Wannemaker eine Ordonnanz rief und ihm die Handschellen abnehmen ließ. Und dann, gegen Ende dieser ganz und gar gelungenen Knuffke-Veranstaltung, kam der Captain herein.

Die Freibadclique

Das veränderte den Raum. Jetzt gehörte er plötzlich jemandem, dem Captain. Bisher war das weiß gekalkte, spärlich ausgestattete Zimmer (Deckenventilator, Tisch, ein paar Stühle, ein Eiswasserbehälter, ein Gitterfenster, durch das man hinaussah auf die immer noch nicht ganz beseitigten Trümmer der ehemaligen Flugzeughalle III) nicht mehr gewesen als ein zweckdienlicher Gebäudeteil. Mit dem Eintritt des Captain wandelte sich die öde Lokalität zum raffiniert-schlichten Surrounding seiner Erscheinung: taubenblauer Sommeranzug aus einem kostbar fließenden Material, das damals »Tropical« oder »Tropicool« hieß, helles Hemd, altrosa Seidenschlips, spiegelblanke beigefarbene Schuhe mit hohen Absätzen (ohne die der Mann knapp mittelgroß gewesen wäre), all dies inmitten der monochrom weißen Kulisse – exquisit, wenn nur die irisch-hellen Augen des Sicherheitschefs nicht diesen schrecklichen Blick gehabt hätten. »Stechend« wird so ein Geschau ja meistens genannt, das war es aber nicht. Dieser Blick saugte einen kurz an, um einen gleich wieder zurückzuschieben in die Reihe der übrigen bedeutungslosen Dinge. Man fühlte sich von diesem Blick nicht verachtet, sondern der Verachtung nicht einmal für wert befunden. Man war nichts in diesen Augen. Nichts. Und vielleicht – bitte, ich will mir nicht nachträglich die Rolle des Propheten anmaßen –, aber vielleicht hatte ich schon damals, als ich Captain McKee zum ersten Mal bei Tageslicht sah, das Gefühl, in Mörderaugen zu blicken. Ach, Unsinn, das nicht, ich möchte nur sagen, dass mit Captain McKees Eintreten die Temperatur im Raum etwas kälter wurde. Und dass Lieutenant Wannemaker plötzlich ein bisschen weniger nach Clark Gable aussah, während Knuffkes Erscheinung durch McKees Gegenwart keinen Schwund erlitt. Bubu und ich, vormals immerhin als Objekte eines Verhörs von Interesse, schienen gar nicht mehr da zu sein, und Wannemaker, der sich selbst ebenfalls überflüssig vorgekommen sein mochte, winkte uns schließlich hinaus. Aber vorher konnte ich noch beobachten, wie McKee leise auf Knuffke einredete, der inzwischen aufgestanden war und den Captain fast um Haupteslänge überragte, trotz dessen hoher Absätze. Dieses Hinaufsprechen des dunkelborstigen Italo-Iren zu dem weißblondbehelmten, sicher

Die Freibadclique

zwanzig Jahre jüngeren Deutschen hatte etwas undeutlich Gefährliches, und plötzlich malte ich mir Gunda in die Szene hinein, natürlich zwischen die beiden Männer, und ich ließ sie vom einen zum anderen blicken mit diesem Lächeln von gestern Nacht natürlich, ein Kinobild, das ich genoss, auch wenn ich ahnte, dass es aus einem Film stammte, der nicht gut ausgehen würde.

Es regnet, es schüttet, es schifft, pladdert, strömt ununterbrochen, wie aus dem AFN Nachrichten und Swing, Swing und Nachrichten strömen, sodass du nach zwei Tagen und Nächten die Orientierung verloren hast, und dann kommt der Regen aus dem Radio, und vom Himmel strömen die Nachrichten und *On the Sunny Side of the Street* und eine neuartige Bombe auf Hiroshima und *Moonlight-Cocktail*, und Japan kapituliert und *Sentimental Journey*, und sie bereiten einen Prozess gegen Göring und die anderen Idioten vor, und ein ganz junger Sänger namens Sinatra haucht unter dem Wahnsinnsgekreische von tausend Schulmädchen *I've got you under my skin*...

Dazwischen Träume: Lore ist wieder da, Lore blitzblankblau. Sie tritt aus einer Umkleidekabine und hat nichts an. Der rote Badeanzug treibt im Schwimmbecken. Ich will hineinspringen und ihn holen, aber sie sagt: »Ich brauche ihn nicht mehr.« Da wird mir klar, dass sie tot ist ... so Zeugs.

Auch Versuche von Gedanken: Zum Beispiel, dass mit Knuffke etwas nicht stimmen kann. Hat uns erzählt, er sei seit drei Wochen zurück – und in so kurzer Zeit hätte sich ein minderjähriger deutscher Bar- und Küchengehilfe eine Position aufgebaut, die es ihm erlaubt, über die Fahrbereitschaft der Militärpolizei zu verfügen, sich in Verhöre einzuschalten, mit dem Chef des CIC-Departments über bedeutende und allem Anschein nach illegale Geschäfte zu sprechen? Das mag glauben, wer will. Die beiden müssen sich schon viel länger kennen. Könnte es sein, dass Knuffke etwas in der Hand hat gegen McKee? Vielleicht aus jenem SS-Internierungslager, in dem er sein Auge verloren hat: Es mag da ja auch weniger schmerzhafte Kontakte mit CIC-Leuten gegeben haben. Und Gunda? Welche Rolle spielt Gunda, die zu McKee gehört, aber

Die Freibadclique

ich wette: Ihr Auftritt in jener Nacht, als das Mondlicht genau im richtigen Augenblick wieder durchbrach (»You stepped out of a dream, you are too wonderful to be what you seem...«), ihr ungewisses Lächeln zwischen »ich bin Gift für dich« und »komm doch« – ich wette, es war für Knuffke bestimmt und nicht für den im selben Moment aus dem Cadillac steigenden Captain – Unsinn, Hirngespinste, Kinofantasien! Gunda ist eine erwachsene Frau von sicher fünfundzwanzig Jahren, was soll sie von einem sechzehnjährigen Bengel wollen, auch wenn der erwachsener wirkt, als er den Jahren nach ist? Oder könnte es sein, dass sie ihn benutzt? Wofür oder wogegen? Wie Knuffke sie (einäugig) angeschaut hat, hingerissen und dabei fast andächtig – braucht sie die schwärmerische Liebe eines Youngsters als Medizin gegen die Kälte, die von McKee ausgeht?

So liege ich, regenumschlossen, auf dem Bett und klebe mir Filme zusammen, einen ungenießbaren Cocktail aus dem, was das Army-Kino uns zeigt, wann immer es uns gelingt hineinzuschleichen, und so wird aus Gunda abwechselnd Gene Tierney in *Laura*, Barbara Stanwyck in *Double Endemnity*, Mary Astor in *The Maltese Falcon*, Lauren Bacall in *The Big Sleep*, bis ich merke, was los ist mit mir. Die ganze Spinnerei hat nur einen Grund: Ich habe mich in Gunda verknallt, ich Riesenrindvieh – träume aber von Lore! Was ist das? Fangen so Geisteskrankheiten an? Oder gibt sich das wieder mit dem, was die erwachsenen Langweiler »Reife« nennen? Ich hoffe es. Ich hoffe es nicht –

Zum Glück pfeift jetzt Bubu unten auf der Straße – welche Erlösung, auch wenn sich dann schnell herausstellt, dass er auch spinnt. Ja, ich glaube, es war an diesem regendurchrauschten Spätnachmittag, dass ein Verrückter den anderen besuchte.

Der Idiot holte aus seiner triefnassen, merkwürdig vorgebauschten Windbluse ein mittleres Päckchen hervor – ich wusste sofort, was drin war. Eine Schicht Packpapier, eine Schicht Zeitungspapier, dann zwischen ölgetränkten Lappen: die Null-acht, matt glänzend, immer noch ein schönes Ding.

»Kannst du sie jetzt nehmen? Bei mir ist sie nicht

mehr sicher, könnt' sein, dass sie doch noch kommen und suchen ...«

»Quatsch, die Sache is' ausgestanden, und wenn nicht, suchen sie auch bei mir. Schmeiß sie weg, heut Nacht noch, verdammt, schmeiß sie endlich weg.«

»Das bring' ich nich' übers Herz. Ich häng' an dem Ding. Bin schon zweimal auf'm Steg gestanden, dort beim alten Herrenbad, wo's tief is', hab schon ausgeholt – aber das Ding will mir nich' aus der Hand.«

»Was hast du Blödmann eigentlich damals in die Murrbachschlucht runtergeschmissen? Es war dunkel, aber ich hab es doch scheppern gehört...«

»Meine Gasmaskenbüchse.«

»Idiot!«

Ich ließ das Magazin herausschnappen, die sechs Schuss waren noch drin. Ich sagte: »Gut. Ich schmeiß sie weg, noch heut Nacht.«

»Okay, deine Sache von jetzt an. Hauptsache, ich komm nich' mehr an sie ran.«

»Wieso? Was is' los?«

Bubu, tief gebückt auf meinem Bett hockend,

starrte zwischen seinen Knien hindurch auf den abgewetzten Teppich, mit dem wir früher immer das Radio und uns selbst eingehüllt hatten, wenn wir Feindsender hörten. Lange kein Wort, dann sehr leise: »Ich hab' Schiss ... ich hab' Schiss, ich leg' mein' Alten um, wenn's so weitergeht.«

»So schlimm?«

»Hängt jede Nacht an der Obstlerflasche, der schwarzgebrannte Fusel, den de beim Bauern kriegst – für 'n Sündengeld. Trägt unsere letzten Kröten hin, und wenn meine Mutter was sagt, fängt sie 'n paar, dass sie in die Ecke fliegt, und dann muss ich ihm wieder eine verpassen, damit nix Schlimmeres passiert, und hinterher is' mir zum Kotzen, und dann fällt mir die Knarre ein, und ich denk': Is doch alles ganz einfach, durchladen, entsichern, Finger krumm – und Ruhe is'.«

»Mannomann, was is' los mit dem? Der war ja nich' immer so ...«

»Dasse'n aus'm Dienst geschasst ham, das macht 'n fertig, Tag für Tag. Solang der seine Gefangenen an der Handfessel vom Untersuchungsgefängnis ins Amtsgericht und zurück hat führen dürfen, war der

Die Freibadclique

glücklich und zufrieden, und das fehlt ihm jetzt – so 'ne Type is' das.«

Ich wusste nichts zu sagen außer: »So 'ne Typen gibt's millionenfach, Mann, und die müssense auch alle wieder einstellen, sonst bricht der Staat zusammen, wirst sehen. Dein Alter hat ja nix weiter verbrochen, außer dass er Blockwart war oder so was Ähnliches.«

Bubu sah mich lange an, seltsamerweise ohne auch nur ein bisschen die Nager zu blecken. Dann ging sein Blick wieder auf den Teppich, und dann, womöglich noch leiser als vorhin: »Doch. Da is noch was. Letztes Jahr im Herbst, beim Hofgang, da hat er mitgekriegt, wie ein Häftling zum andern gesagt hat: ›Adolf verrecke!‹ Den hat er gemeldet, und am nächsten Tag hat den die Gestapo abgeholt, und dann – ruckzuck – Volksgerichtshof, Schnellverfahren: Rübe ab!«

»Woher weißt du das?«

»Weil er's im Suff erzählt, fast jeden Abend, und heult dabei, er hat das ja nich' gewollt, aber es war ja seine Pflicht, Meldung zu machen – ich kann's nich' mehr hören.«

»Und wie ham das die Amis erfahren?«

»Na wie wohl? Is' denunziert worden, von wem, das ham se ihm nich' gesagt.«

Jetzt fiel mir nichts mehr ein, was ich ihm hätte sagen können. Bubu ging ungetröstet. Es war ja die erste Zeit, als man noch nicht voraussehen konnte, dass sie alle wieder in ihre Ämter zurückkehren und in noch höhere Ämter aufsteigen würden: die Rübe-ab-Richter und die blutdurstigen Staatsanwälte, die alle nur ihre Pflicht getan hatten – wie hätte man da einen kleinen Justizwachtmeister unnachsichtiger behandeln können? Und so kam es auch: Nach einem halben Jahr wurde der Mann wieder in Dienst genommen, ob es Bubu wirklich getröstet hat, weiß ich nicht.

Ich habe die Knarre nicht in den Fluss geworfen. Brachte es nicht über mich, genauso wenig wie Bubu.

Wie war das damals? Hatte uns der Krieg zu Waffenfetischisten gemacht? Ich glaube, es lag eher an den Gangsterfilmen, die im Army-Kino liefen und denen wir verfallen waren. Western liebten wir, auch wenn wir sie nicht ganz ernst nahmen, aber die Mobfilme soffen wir, gierig und mit unstillbarem Durst. Bogey, Alan Ladd, Edward G. Robinson, James Cagney und wie die Helden des Film noir alle hießen – hätte sich von denen jemals einer von seiner Waffe getrennt, nur weil ihr Besitz illegal war? Lächerlich!

Ich verpackte die Knarre sorgfältig und stieg dann lautlos hinauf auf den Dachboden. Dort stand zwischen anderem Gerümpel eine vergessene Zinkwanne, gefüllt mit Löschsand, zur Vorsorge gegen Phosphorbomben abgestellt. Mit bloßen Händen grub ich in dem verkrusteten Sand der Null-acht ihr Grab. Das sechsschüssige Magazin behielt ich und führte es fortan in der Hosentasche mit mir, links, immer links. Es war ein angenehmes Gefühl, dass die linke Hosentasche immer schwerer war als die rechte. Es beruhigte. Obwohl es auch manchmal beunruhigte, zum Beispiel als Gudrun, die Lehrerstochter von schräg gegenüber, in nicht ganz zufällige Berührungsnähe mit meiner Hose geriet, fragte sie mit einer Art erschrockener Neugier: »Was hast'n du da?« Und mir fiel so schnell keine ausreichende Antwort ein, sodass sie – aber das sollte ich ein andermal erzählen, oder vielleicht besser gar nicht.

Weil die polnisch-jüdischen Zwangsarbeiter nach ihrer Befreiung geplündert hatten (ein milder Gewaltakt im Vergleich zu dem, was man ihnen im Steinbruch angetan hatte), besaßen wir keinen Leiterwagen mehr. Und weil am dritten Regentag das Gerücht umlief, am Güterbahnhof stünde ein Waggon Kohlen und man könne sich da was holen, solange der Vorrat reiche. Und weil es immer noch vielstimmig gurgelte, rieselte, troff, trommelte, war Charlotte der Meinung, in Anbetracht der Sintflut sei der Andrang vielleicht nicht so groß. Und weil ich wusste, dass Peanuts rührige Mutter einen stabilen Leiterwagen für den Gegenwert von drei Stangen Pall Mall erworben hatte, und weil und weil – jedenfalls zogen Peanut und ich mit dem Karren Richtung Güterbahnhof. Peanut hatte den Regenschirm seiner Mutti dabei, was typisch war für einen »Weihnachtsengel« – so nannten wir Neunundzwanziger den Jahrgang unter uns, weil diese Babys nicht mehr zum Kriegsdienst herange-

Die Freibadclique

zogen worden waren. Nie wären wir auf die Idee gekommen, auch nur einen Schritt unterm Regenschirm zu gehen, dazu steckte in uns noch zu viel HJ-Härteprotzerei, auch klang wohl unbewusst die törichte Verachtung des zivilen Requisits nach, die Hitler zu Anfang des Krieges in Mode brachte, als er die »Herren« Chamberlain, Eden, Churchill die »Regenschirmpolitiker« nannte, die er als Gegner gar nicht ernst nehmen könne – aber wieder einmal verliere ich mich, ich wollte nur sagen, dass Peanut, neben mir an der Deichsel, seinen Schirm auch ein Stück über mich hielt und dass ich dem Weihnachtsengel im Stillen dafür dankte.

Der Weg führte an dem Haus vorbei, in dem Knuffke bei seinem Onkel gewohnt hatte. Unter dem triefenden Vordach saß neben der Haustüre ein Amiposten auf einem »camp stool«, und vor dem staketenbewehrten Zaun des Vorgartens war ein Cadillac geparkt. Das brachte mich zum Stehen, so jäh, dass die Deichsel Peanut in den Hintern stieß. McKee? Die Farbe des Wagens stimmte: schwarz wie die Nacht.

»Was is?«

»Nix weiter, bloß, da hat mal 'n Kumpel von mir gewohnt.«

»Jetz' wohnt da der CIC-Häuptling drin mit sei'm roten Luxusweib ...«

»Was? Die wohnt da mit ihm? Offiziell?«

»Naa, eben so halt. Offiziell wohnt s' im *Pfau* oben drin mit die Stubnmadl, sie is, glaub' i, a halberte Polin, aber sonst ganz nett.«

»Woher weißt 'n du das alles?«

»Die Mutti hat da anfangs putzt, aber seit die Polacken ihr 's Fahrrad klaut ham, is ihr der Weg z' weit.«

Wir zogen weiter, und weil es der Leiterwagen von Peanuts Mutter war, den wir zogen, hörte ich mir geduldig das Gequatsche des Weihnachtsengels an, dass er demnächst ein Fahrrad für Mutti aus dem Polenlager klauen würde und möglichst zusätzlich noch eines für den Schwarzmarkt und dass es im Polenlager ein Warendepot gebe, von dessen Größe und Reichhaltigkeit man sich keine Vorstellung mache, und dass das Klauen und Handeln den Polacken, vor allem den jüdischen, eben im Blut

Die Freibadclique

liege – und ich warf leichthin dazwischen: »Dann bist du also auch ein jüdischer Polack?«

Da blieb er stehen vor Verblüffung: »I? Wieso denn i?«

Und in seinem Blick war diese rührende, fürchterliche Unschuld, und plötzlich sah ich sein Knabengesicht vor meinen Augen altern und feist und faltig werden, und ich sah, wie es sich von einem Bierkrug aufrichtete, immer noch mit diesem erstaunten, keinesfalls geheuchelten Unschuldsblick, und ich hörte seine inzwischen fett und tiefer gewordene Stimme immer noch sagen: »I? Wieso denn i?« Und in mir dämmerte zum ersten Mal ein Verdacht, der mir bleiben sollte: dass die verheerendste Waffe der Unmenschlichkeit nicht die Bosheit, nicht die Grausamkeit sei, sondern die Dummheit.

Auf dem Güterbahnhof – nirgends war Regen so trostlos wie über diesen verrottenden Schuppen, Gleisen und zerschossenen Waggons – blickte ich lange hinüber zu der Rampe, von der sie uns damals in den Zug zum Rhein verfrachtet hatten, auf dass wir dem Feind an den Pforten des Reiches mit dem Spaten in der Hand Einhalt geböten. Ich hörte wieder die Stimme des Bannführers Seidebrant, die stetig höher wurde, je erbitterter er den schwäbischen Akzent seiner Aussprache bekämpfte, und ich höre uns noch fünfstimmig kichern und glucksen: Knuffke war noch dabei, Rosenacher und Kuss lebten noch – fast hätte ich jetzt vergessen, mitzuteilen, dass wir den Waggon mit den Kohlen nicht fanden. Entweder war er schon geleert und weggefahren worden, oder er war nie dagewesen. Es verging ja damals kaum ein Tag, an dem nicht Gerüchte durch die Stadt liefen, es gebe da und dort Kunsthonig, Backpulver, Strumpfbandhaltergürtel, Freibankfleisch, Hosenträger, Grammophonnadeln, Sardellenpaste, Kämme (»Eins-A-Friedensware!«), Brühwürfel, Kernseife, Unterhosen (»männlich, aus Heeresbeständen!«), Damenbinden, Zahnputzpulver (»echt Natur!«), Klopapier (»körperfreundlich«) – alles, alles, aber natürlich immer nur »solange der Vorrat reicht«.

Wir zogen den Peanut-Mutti-Karren wieder leer zurück, und in der Frauendienerstraße (ja, so hieß sie, ich glaube, nach einem verdienten Stadtkämmerer) sah ich, dass vor dem McKee-Haus jetzt ein schwarzer GI Wache stand und keinen »camp stool« hatte. Es wurde früh dämmrig an diesem Nachmittag, und als wir knapp auf der Höhe des Hauses waren, kam aus der Gegenrichtung ein Jeep mit geschlossenem Verdeck angefahren und hielt hinter dem Cadillac, und mit einer Selbstverständlichkeit, die mich zornig machte (warum eigentlich?), stieg Gunda vom Beifahrersitz und gleich hinter ihr vom Rücksitz Knuffke, der sofort eine halb auseinandergefaltete Army-Decke über Gundas Kopf hielt und sie unter diesem Baldachin durch den Vorgarten zum Haus geleitete, während der MP-Fahrer den Jeepmotor aufjammern ließ und davonraste. Währenddessen zog ich Peanuts Arm, der den Schirm hielt, ein Stück tiefer, um nicht von Knuffke erkannt zu werden (warum eigentlich nicht?), aber das war unnötig, denn Knuffke ging, schräg Gunda zugewandt, irgendwie tänzelnd, mit halbem Rücken zu uns, sorgsam darauf bedacht, dass kein einziger Regentropfen auf Gundas Tizianhaar falle ...

Sprich, Erinnerung: Was ist noch lieferbar? Dass Gunda in einen Mantel oder Umhang gehüllt war aus einem Material, das ich noch nie gesehen hatte, leuchtend rot und spiegelnd wie Lack, fast grell im trüben Dunstlicht des Regens. Dass sie an der Haustüre plötzlich einen Schlüssel in der Hand hatte und mit einer knappen Drehung öffnete. Dass das Paar (jawohl, es war ein verdammtes Paar!) das Haus betrat, wieder mit dieser verfluchten Selbstverständlichkeit, als sei es das ihre. Dass ich mir McKee vorstellte, der drinnen saß, vielleicht mit der *New York Times* oder *Esquire* in der Hand, und seinen Saugeblick auf das eintretende Paar richtete, womöglich lächelnd, wenn auch nicht freundlich, denn mit den Augen konnte der ja nicht lächeln, nur mit dem Mund. Dass ich mit wachsender Empörung begriff – aber was begriff ich denn überhaupt? Dass die's im Dreieck trieben? Oder dass Gunda und Knuffke es mit McKees Duldung machten oder dass Knuffke die Rolle eines Pagen, nein, als Neffe des eigentlichen Hausbesitzers, den Gastgeber spielte, der kochte oder abwusch, der vielleicht Erfrischungen reichte, wenn Gunda und McKee sich bis zur Ermattung ineinander verschränkt hatten – ach, wie immer ich mir das Trio in Zuordnung und schamloser Turnerei auch vorstellen mochte, eines blieb sich immer gleich: Diese drei unter einem Dach – das war verderbt, und vor allem – es musste ins Verderben führen.

Seltsam, diese Empörung eines Kleinstadtjungen, der doch unlängst selbst nach einer Dreierkonstellation getrachtet hatte. Aber das mit Ulla wäre doch etwas anderes gewesen, wenn es denn stattgefunden hätte: die armselige Heimlichkeit des Bretterschuppens, die einfältige Keckheit von uns missratenen Gymnasiasten, bei der uns selbst alles andere als wohl war – welche Unschuld des Unbedarften im Vergleich zu der ungenierten Routine im Haus der Frauendienerstraße! Der bewunderte Knuffke, die heimlich verehrte Gunda in einem anrüchigen Arrangement mit McKee – das schändete meine Fantasie. Die erzevangelische Enge unserer Stadt hielt unsereinen doch fester umklammert, als ihm bewusst war. Ein gleichaltriger Junge in Paris hätte angesichts einer Menage à trois vermutlich nur gegrinst: Alors, si ça va – pourquoi pas?

Im Weiterziehen sagte Peanut: »Den mit dera Augenklappn kenn' i.«

»Du kennst Knuffke?«

»Bloß vom Sehen. Macht wahrscheinli' G'schäfter mit die Polacken, und manchmal is die Rothaarete aa dabei.«

Mir fiel ein, wie Knuffke damals im Hinterhof vom *Pfau* gesagt hatte: »... da jeht's waggonweise ...« Und dann fiel mir ein, dass vom Güterbahnhof ein einspuriges Gleis abzweigte, das im damaligen Fremdarbeiterlager endete. Und ein Nebengedanke war, dass Peanut zwar ein dümmlicher Weihnachtsengel, aber sonst ein aufgewecktes Bürschchen sei, vielleicht doch ein Gewinn für die Freibadclique, nur: Gab es die denn überhaupt noch?

Und dann ein Tag, der alles neu machte oder – was dasselbe war – alles wie früher. Als sei er damals vergessen worden, dieser eine Tag, und werde jetzt nachgeholt.

Knuffke war ins Freibad gekommen, zum ersten Mal seit seinem gönnerhaften Erscheinen im August, aber jetzt ein anderer Knuffke, der von damals. Und

Die Freibadclique

es brannte die Sonne von damals. Und der September glühte noch einmal dergestalt, dass man über die Steinplatten nur hüpfen konnte, sonst hätte man sich die Fußsohlen versengt. Und es hüpften die Kinder, eistütenbalancierend, es hüpften ältere Damen, erstaunt darüber, was noch alles an ihnen mithüpfte, und es hüpfte Studienrat Ströh-Ströhle, der Mühe hatte, sein Gemächt in der ausgeleierten Badehose bei sich zu behalten, und in ihren geblümten Badeanzügen hüpften die Amimädels, ließen Blüten und Blätter wogen wie unter Auf- und Fallwinden, und jawohl – es gab tatsächlich Eis, rosa-wässrig-zahnwehsüßes Eis (»solange der Vorrat reicht«), zum ersten Mal wieder seit den immer erfolgreichen Abwehrschlachten im dritten russischen Sommer, schätze ich, und weil es Eis gab, klebten die Kinder, klebten die Liegedecken, klebten die Handkurbeln der Koffergrammophone, die Türknäufe der Kabinen, war das ganze Freibad ein einziges klebrig-sonnengetränktes, kreischendes Glück, vor dem wir uns auf den Sprungturm retteten, die oberste Etage natürlich, das Zehner, das an solchen Tagen uns gehörte, denn in das durchwühlte Becken hinunterzuspringen, das verlangte eine Flugsicherheit, die sich die Wenigsten zutrauten.

Immerhin wieder zu viert (wenn man, nicht ganz korrekt, Peanut mit einrechnete), ich meine sogar, auch Rosenacher, der Hosenmacher, sei dagewesen, so genau erzählten wir ihn uns, wie er damals vorne an der Betonkante der Plattform gestanden war vor seinem ersten Zehnersprung, fast eine halbe Stunde lang. Er hatte Todesangst vor dem Kopfsprung – mit den Füßen voraus ja, das sofort, aber nicht mit dem Kopf, und wie wir ihm immer wieder erklärten, dass der Kopfsprung viel leichter, weil steuerbarer sei, während es beim Fußsprung fast unmöglich sei, in der Senkrechten zu bleiben, sodass man in einer ganz blöden Verkantung aufschlüge – Knuffke: »Und wie ick det dem Schisser zum zehnten Mal verklickre – mitten im Satz hechtet der Kerl mir weg und fliegt raus wie 'n Seeadler und kommt jenau im richtjen Moment in Steillage und taucht bildscheen rin in die Brühe! Mann, der Hosenmacher, det war schon 'ne Marke für sich, wa?«

Und wir erzählten uns den Zungenkuss, wie er damals in einer der Männerkabinen ein riesentittiges

Die Freibadclique

Weib in die Holzwand ritzte und vom Bademeister Kress erwischt wurde, der drohte, beim Bannführer Meldung zu machen, und wie der Kuss ihn rumgekriegt hat, davon abzusehen, indem er versprach, im väterlichen Friseurladen nach einem Geheimrezept eine Tinktur (zu teuer für den allgemeinen Gebrauch) zusammenzubrauen, die – falls Kress nur genügend Geduld habe – auf seiner Glatze neues Haar sprießen lasse. »Geduld«, sagte Bubu, »hat der Kress genug gehabt, bis heute, aber gesprossen is nix!« Wir lachten, und der Zungenkuss war plötzlich wieder dabei und lachte mit – so ein Tag war das.

Und einmal, als ich hinunterblicke und weit umher über das zuckende Muster aus nacktem und wollebespanntem Fleisch, merke ich, dass etwas fehlt, und merke, dass dieses Fehlen wehtut, und weiß: Ein Rot fehlt, ein ganz bestimmtes Rot, das es nur einmal gegeben hat auf der Welt, ein Badeanzugrot, das nie mehr leuchten wird oder nur im Traum – und als ich erwache, sind die Anderen runtergesprungen, und nur Knuffke hockt noch da auf dem heißen, aber nicht mehr sengheißen Beton und schaut mich an, lange bevor er sagt: »Ick weeß,

Junge, ick weeß...«, und steht auf, und wir lehnen nebeneinander am Seitgeländer.

»Du hast ihr jeliebt. Wir anderen waren bloß scharf uff ihr, aber du... mir war det klar, weil de nie mitjelacht hast, wenn wa Witze jerissen ham, wat der schnieke Fähnrich wohl allet mit ihr macht im Jasminjebüsch.«

»Aber ich war ja viel zu jung für sie.«

»Na und? Gloobste, danach fragt die Liebe?«

Liebe, denke ich, auf einmal ist es möglich, dieses Wort auszusprechen, das uns – außer in Anführungszeichen – noch vor einem Jahr niemals über die Lippen gekommen wäre. Und ich höre noch Knuffke sagen, damals am Westwall in dem männerlosen Dorf: »Jeh' mir weg mit die Liebe, Mann, det is 'n Scheißspiel, weil – entweder biste verknallt, denn kriegste keen Richtjen hoch vor Lampenfieber, oder du bist nich verknallt, denn hast 'n schlechtet Jewissen, und da stehta dir ooch nich so dolle...« So hat es der große Knuffke damals zutreffend zusammengefasst, um jetzt zu sagen: »Ick wünsch' dir 'n Mädel, watte lieben kannst, wo allet stimmt, det Eene und det Andere.«

Die Freibadclique

»Hast *du* denn so eine?«

Er sieht mich wieder lange an und nickt dann, aber nur mit dem (einäugigen) Blick, falls man mit Blicken nicken kann, und ich, kühn geworden, frage weiter: »Gunda?«

»Haste jerochen, wa?«

»Ist 'ne tolle Frau, bloß ... die hat doch den Captain ...«

»Will ihn aber nich' mehr. Sie will mir, und ick will ihr. Is' bloß schwer hinzukriejen in een' Land, wat den Krieg verloren hat, und er jehört zu die Sieger, wa? Der kann mit uns machen, wat er will – aber det lässt sich vielleicht ändern.«

Und damit geht er zu der olivgrünen Canvastasche, die er mit heraufgebracht hat, kramt Heftpflaster hervor und fixiert damit geschickt seine Augenklappe auf drei Seiten ...

»Komm, Junge, wir machen mal wieder die Lightning!«

Die »Lightning« war eine doppelrumpfige Aufklärungsmaschine der US-Airforce, die im letzten Sommer häufig in großer Höhe über uns gekreist war, denn die Amis wussten vom Turbojäger ME 262,

Oliver Storz

der in unserem Fliegerhorst montiert und eingeflogen wurde. Die »Lightning« beobachtete und fotografierte regelmäßig die Entwicklung der »Wunderwaffe« und schickte gegebenenfalls die Jagdbomber. Die Doppelrumpfige hoch oben im Sommerhimmel, unerreichbar für die Flak, bedeutete also nichts Gutes, aber die Eleganz des silbern schimmernden Zwillingsleibs hat uns immer fasziniert.

Knuffke und ich machen jetzt also die Doppelrumpfige, was bedeutet, dass wir uns an der Absprungkante nebeneinander aufstellen und die Arme ausbreiten in einem Abstand, dass sich seine linken und meine rechten Fingerspitzen gerade noch berühren. Dass ich von unserem ersten Lightningsprung an immer links stand und Knuffke rechts, hat, soweit ich mich erinnere, keinen besonderen Grund gehabt. Wichtig ist jetzt die präzise Gleichzeitigkeit des Absprungs, der auf Knuffkes Kommando erfolgt: »Uuund ab!« Und wir fliegen hinaus (zum letzten Mal, Knuffke, und wir haben es nicht geahnt, oder du doch?) ins Licht der Sonne von damals, wir schweben waagrecht in strenger Parallelität, ein Fluggerät, zwei Körper, und gleichzei-

Die Freibadclique

tig knicken wir runter in die Abwärtsschräge, die erst knapp über dem Wasser zur Senkrechten wird, und wir tauchen ein, derartig zwei in einem, dass es fast nur einen Spritzer gibt, und erst unter Wasser lassen wir uns auseinanderdriften, schwimmen als U-Boote zu den Ausstiegsleitern, links der eine, rechts der andere, und an den Beckenrändern johlen die Kids und klatschen die Mädels, und wir sind noch einmal die Freibadkönige und lachen uns über das Becken hinweg zu, und dieses Lachen, Knuffke, war für mich das Schönste in unserer ganzen Freibadzeit, und ewig hätte ich so mit dir fliegen mögen, Sommer für Sommer, aber du hast ja dann gefehlt. Ich glaube, ich bin seit damals nie mehr vom Zehner gesprungen. Simple Startsprünge unten vom Block aus, das schon. Aber vom Zehner nie mehr.

Später, als der Sommer schon langsam das Interesse an unserer Gegend verlor, kam Peanut eines Tages und hatte wieder einmal ein Besatzungshaus ausgekundschaftet, das eine Nacht lang leer stehen würde. Die Bewohner waren versetzt worden und ausgezogen, und die Nachfolger würden nicht vor dem nächsten Nachmittag eintreffen, und die Peanut-Mutti hatte den Schlüssel, weil sie in aller Frühe hinein sollte, um durchzuputzen, und diesen Schlüssel würde der Weihnachtsengel am späteren Abend unschwer an sich bringen können. Bubu und ich waren interessiert, denn erfahrungsgemäß ließen die Amis immer eine Menge Krempel zurück, wertlos für sie, kostbar für uns.

Es wurde ein lohnener Beutezug, auch wenn wir erst gegen Mitternacht einschleichen konnten – früher ging es nicht, weil Peanut nicht an die Handtasche seiner Mutter kam, denn die hatte sie mitsamt einem Mastersergeant aus Miami mit in ihr Schlafzimmer genommen. Erst als der sich verabschiedet hatte und Mutti, von des Tages Fron und des Abends Freude erschöpft, eingeschlafen war, konnte sich Peanut den Schlüssel schnappen.

Wir bewegten uns lautlos in dem Haus, nur beim Schein von Army-Torches (geklauten, auf dem Schwarzmarkt hätten wir sie uns niemals leisten können). Was wir alles fanden, weiß ich nicht mehr genau, ich glaube, ein Satz Tischtennisbälle war dabei, höchst begehrt als Handelsware,

Die Freibadclique

und ein Stoß von pornografischen Comic-Heften, mit denen – laut Peanut – Höchstpreise zu erzielen waren. Im Keller vermuteten wir alte Autoreifen, aus denen sich prächtige Sohlen für Sandalen schneiden lassen würden, aber außer riesigen Haufen schmutziger Unterwäsche, Batterien leerer Flaschen und Türmen von alten PX-Schachteln war nichts zu entdecken – doch: ein paar zerfledderte Bücher, fleckige, eng bedruckte Pocket Books. Ich blätterte eines durch, blieb auf der letzten Seite hängen und war, wie man so sagt, geliefert, geplättet, hin und weg auf Jahre hinaus: Ich hatte den Schluss von *A Farewell to Arms* gelesen – von einem mir unbekannten Autor namens Ernest Hemingway.

Die kühleren Tage jetzt. Fast unheimlich klar die Luft, und doch schien alles, Häuser, Bäume, Gesichter, ein Stück weiter entfernt von einem. Nicht mehr lange, und sie würden das Freibad schließen. Knuffke ließ sich nicht mehr sehen. Im Schwimmbecken übernahmen die Unentwegten die Macht: Gesundheitsschwimmer älteren Herstellungsdatums, die unbeirrbar ihre Längsbahnen zogen, unbewegten Gesichts, jedoch jäh und böse keifend, wenn ihnen ein Querschwimmer in den Weg geriet; hätten sie richterliche Gewalt, würden sie Todesurteile aussprechen. Dann die merkwürdige Spezies der Crawlstümper, die ein Leben lang glaubten, Crawlstil zu schwimmen, ohne eine Ahnung zu haben, wie das ging, sodass sie stetig Wasser soffen in der Meinung, das gehöre dazu. Und natürlich die Flottille selbsttragender Matronen, winzigste Schwimmbewegungen bei maximaler Wasserverdrängung, manche träumerisch treibend, andere in Caféhausgespräche verstrickt, entsprechend zierliche Schlucke Chlorwasser inbegriffen.

Bubu und Peanut waren von der Stadtverwaltung zum Schutträumen in der bombengeschädigten Bahnhofsgegend aufgefordert worden. Auch ich hätte hin müssen, aber ich schwänzte. Ich wartete. Wenn Knuffke mich suchte, würde er zuerst ins Freibad kommen. Aber warum sollte er mich suchen? Etwa, weil er Hilfe brauchte? Von mir? Lächerlich. Ich wartete, ohne ernsthaft zu wissen, worauf. Irgendetwas würde geschehen, das wusste ich. Viel-

Die Freibadclique

leicht lag's auch nur an der Hemingway-Schwarte, die ich nun schon zum zweiten Mal las, an Stellen wie dieser, wo Catherine zu Henry sagt: »Manchmal sehe ich dich tot im Regen liegen.« Und er sagt: »Unsinn.« Und später sagen sie beide: »Es ist alles Unsinn.« Und schließlich sie: »Es ist nichts wie Unsinn. Ich hab keine Angst vor dem Regen. Oh Gott, ich wünschte, ich hätte keine Angst vor dem Regen.« Solche Stellen ...

Im Lautsprecher begann die AFN-Swingsendung, es musste also fünf Uhr sein, auch die leichte Südostbrise war pünktlich. Die ersten Badegäste packten ihren Kram zusammen, da sah ich sie. Sie kam vom Eingang her über die Liegewiese auf mich zu. Sie trug helle, weite Matrosenhosen, wie ich sie in einem Film an Bette Davis gesehen hatte, nur war sie natürlich jünger und schöner als Bette Davis, aber vielleicht eine genau so gute Schauspielerin, das ist mir bis heute nicht klar: Gunda.

»Sie sind ein Freund von Charlie, nicht?«

»Wer ist Charlie?«

»Karl ... Karl M. Knuffke.«

Sie stand hoch über mir, seitlich mir gegenüber,

und ich quälte mich, lendenlahm vom stundenlangen Liegen, hoch zu ihr, aber sie fasste mich leicht an der Schulter, drückte mich wieder nach unten und setzte sich neben mich.

»Ich bin Gunda, aber das wissen Sie ja.«

»Und wieso kennen Sie mich?«

»Charlie hat mir von Ihnen erzählt, und ich hab Sie zweimal gesehen: im Hinterhof vom Officers' Club und neulich auf der Straße vor dem Haus – Sie wissen schon. Können wir ›Du‹ sagen? Du bist fast noch zu jung für ›Sie‹, und so alt bin ich nun auch wieder nicht, dass ich dich duzen könnte und du mich siezen müsstest.«

Ich musste lachen. Sie gefiel mir. Sie gefiel mir jenseits aller Kinospinnereien von neulich. Sie passte in keine der Filmrollen, mit denen ich sie kostümiert hatte.

Ich sagte: »Du bist nicht zum Baden hier.«

»Ich bin wegen dir hier. Ich muss mit dir sprechen, und ich habe wenig Zeit.«

»Geht es um ›Charlie‹?«

Es fiel mir schwer, von Knuffke per »Charlie« zu sprechen, aber es leuchtete mir ein, dass »Knuffke«

Die Freibadclique

keine gute Anrede war, wenn man sich die beiden als Liebespaar vorstellte ...

»Er ist in Schwierigkeiten, aber er weiß es nicht, oder er will es nicht wissen ...«

»Geschäftlich?«

»Stell mir keine Fragen, die Antworten wären viel zu kompliziert für dich. Glaub mir einfach: Er muss hier weg. Er muss verschwinden. Ich versuche dauernd, ihm das klarzumachen, aber er kapiert es nicht, er denkt immer nur, ich will ihn abschieben ...«

»Wieso? Ich denke, ihr liebt euch ...«

»Ja – nein – doch – aber ich ihn anders als er mich – er ist verrückt, baut Luftschlösser für uns in Südamerika – und um an das Geld dafür zu kommen, macht er Sachen – mein Gott, er ist ein Kind und legt sich mit Leuten an, die ...«

»Erpresst er jemanden? Mit was?«

»Hör auf mit der Fragerei, das ist sinnlos. Du bist sein Freund, der einzige, den er hat, sagt er – wenn das so ist, dann tu was!«

Inzwischen lag ein matter Glanz von Schweiß unter ihrem Haaransatz. Ihre blaugrau-schwarz gesprenkelten Augen waren unruhig geworden, der ungeschminkte Mund zuckte, und sie brachte ihn nicht unter Kontrolle. Etwas in ihr stimmte ganz tief nicht, ich glaube, das ist mir in dieser Gegend des Gesprächs klar geworden.

Ich sagte: »Was soll ich machen? Glaubst du ernsthaft, er hört auf mich, wenn er nicht mal auf dich hört?«

»Nein, natürlich nicht. Du müsstest was tun.«

»Zum Beispiel?«

»Es müsste was passieren, was mich in seinen Augen wertlos macht. Dann würde er aufhören zu spinnen, nur dann.«

Ich spürte einen leisen Schwindel, so wie nach meinem ersten Lungenzug aus einer Amizigarette, und ich beschloss, nicht zu verstehen, was sie meinte, oder ich hatte es wirklich noch nicht verstanden, das weiß ich nicht mehr. Ich glaube, ich habe sie nur angeschaut.

Gunda sagte: »Wir müssten es ja nicht wirklich tun. Er müsste es nur glauben.«

Jetzt war es heraus, und den Dummen konnte ich jetzt nicht mehr spielen.

Die Freibadclique

Ich konnte nur noch angreifen: »Aber dass du auch mit anderen pennst, zumindest mit einem, das weiß er doch, das scheint ihn doch nicht umzuhauen...«

Sie lachte mir kalt ins Gesicht: »Danke für das ›zumindest‹! Du kleiner bigotter Rotzlöffel hältst mich also für 'ne Hure? Bitte sehr, mehr, als du dir vorstellen kannst, oder weißt du, wie das zuging im Osten, Grenzgebiet, wo du abwechselnd Pole, Volksdeutscher, wieder Polack und dann wieder Beutedeutscher warst? Da hat manche Frau fürs Überleben den Hintern zweisprachig hingehalten und ich zum Schluss noch auf Amerikanisch – was dagegen?«

Ich konnte nicht einmal den Kopf schütteln. Ich wäre gerne unter den Rasen gekrochen.

Sie stand auf, ich wollte auch, kam aber nicht hoch, sodass sie, jetzt aber sehr leise, auf mich herunter sprach: »Und das mit dem Captain – dein Freund hat es verstanden, und als es angefangen hat mit uns, was sollte ich machen? Wieder weg? Wieder Lager? Es kommt ein Punkt, wo du zu müde bist, zu alt. Und Charlie ist zu jung, will Zukunft bauen, wo's keine Zukunft gibt. Das wird gefährlich, aber wenn dir das egal ist ...«

Endlich stand ich auch, in jämmerlicher Haltung, denke ich. Ich muss ausgesehen haben wie ein gezüchtigter Schuljunge.

»Ist es nicht ... was soll ich tun?«

»Nichts. Nur wenn er dich angeht, ob es stimmt, dass du, sein einziger Freund, mit mir im Bett warst, es erst abstreiten, dann zugeben – ich hätte dich verführt. Das wird ihm reichen. Er wird dir ein paar reinhauen und verschwinden. Das ist alles.«

»Das ist 'ne Menge ... ich weiß nicht, ob ich das schaffe – überhaupt, was soll das alles? Wer bedroht ihn denn? Warum?«

Noch ein Blick aus diesen flussgrauen Augen, in denen die schwarzen Sprenkel größer geworden schienen, noch ein Mal zuckte ihr Mund ...

»Wir haben doch gesagt: keine Fragen mehr.«

Damit ging sie. Eine Verrückte? Oder doch eine Kinofigur? Auf die Idee, dass Drogen im Spiel sein könnten, bin ich nicht gekommen. Ich glaube, wir hatten damals kaum eine Ahnung, dass es so etwas überhaupt gibt.

Die Freibadclique

Gunda by moonlight, da ging sie hin, königlich, den Hauch eines leichten, nach irgendwelchen Früchten riechenden Parfüms hatte sie mir dagelassen, und gleich schwand auch der. Ein Traum, in dem man jeden Augenblick damit rechnet aufzuwachen. Dieses Gefühl blieb mir eine Weile, dann klang auch das aus. Im AFN brachten sie Nachrichten: Die Londoner Außenministerkonferenz der fünf Großmächte war gescheitert, man konnte sich über einen demokratischen Status der mittel- und osteuropäischen Länder nicht einigen. Gunda habe ich nie wieder gesehen.

Ein Herbst, der uns mit freundlichen Laubfarben, goldenen Beleuchtungsproben, azurblauen Himmelsprospekten noch eine ganze Weile Sommer vorspielte, aber natürlich stellte er auch die ersten Endzeichen auf: Krähenschwärme über abgeernteten Feldern, abflugbereite Zugvögelreihen auf Telegrafendrähten, verwaistes Ackergerät im Gelände, eine Egge, ein Jauchewagen. Charlotte, die solche Stimmungen liebte, machte weite Gänge, nie ohne Milchkanne, in der Hoffnung, in einem Dorf wenigstens einen halben Liter zu erbetteln. Ich ging nicht mehr mit wie früher, schützte Vorbereitungen vor, zu denen der näher rückende Neubeginn des Schulbetriebs mich zwänge, und natürlich glaubte Charlotte mir kein Wort.

Bubu und Peanut hielt ich mir vom Leibe. Ich wollte allein sein, wenn Knuffke kam. Das Freibad war geschlossen, also musste er in die Wohnung kommen. Aber er kam nicht, Tage nicht, Wochen nicht, bis in den Oktober hinein. Ich wartete, wenn auch nicht ungeduldig, denn ich hatte keine Ahnung, was ich tun würde, wenn es so weit wäre. Ihm sagen, dass das Ganze eine Schnapsidee der offensichtlich hysterischen Gunda sei? Oder Gundas Angst um ihn ernst nehmen, also ihr Spiel mitspielen? Aber würde das überhaupt funktionieren? Bei Knuffke wusste man nie.

Von mir aus konnte die Sache auf sich beruhen bleiben. Wenn Knuffke keine Eile hatte, mich zur Rede zu stellen, sollte es mir recht sein. War es aber nicht, zu meinem Verdruss: immer wieder Fragen, die Stubenfliegen glichen, die man verscheucht, aber im Handumdrehen sind sie zurück und setzen sich

Die Freibadclique

wieder genau auf dieselbe Stelle. Was war geschehen? Hatte Gunda ihren Plan aufgegeben? Warum? Weil es vielleicht schon zu spät war, um Knuffke zu stoppen? Weil die Gefahr, vor der sie ihn bewahren wollte, nicht mehr abzuwenden war?

Ich fing an, den Scheißkerl zu suchen, und natürlich kam ich mir idiotisch dabei vor: Was nützte es, vor dem Haus in der Frauendienerstraße herumzulungern, sich im Hinterhof des Officers' Club herumzudrücken und auf den Zufall zu hoffen, dass Knuffke (oder wenigstens Gunda) auftauchte, die Posten zu fragen, die nur den Kopf schüttelten oder sagten: »What's buggin' you, kid? Get lost!« Ein Einziger, ein rundlicher Hawaiianer, ließ sich erweichen, als ich ihn bat: »Could you forward a message to the assistant barman, that one-eyed young German guy, and ask him to see me for a minute?« Er nickte und verschwand tatsächlich im Haus.

Aber du kamst nicht, Knuffke. Du kamst nicht, weder hier und dort noch dann und da. Und ich habe allmählich eine Stinkwut auf dich bekommen, ich hätte dich umbringen können, so blöd das klingt – ich meine, wenn man bedenkt, was dann geschah. Aber es muss einmal heraus nach über sechzig Jahren: Sogar an deinem Grab würgte mich die Wut, nicht das Heulen, ich stand da, in der Nähe deines blöden Onkels, der die Rolle des Hauptleidtragenden genoss, und konnte immer nur denken: »Knuffke, du Arschloch, du Riesenarschloch – warum, warum?« Und wenn ich schon dabei bin, dich zu beschimpfen: Als Erzählfigur bist du natürlich eine Katastrophe. Du lässt fast nur Fragesätze zu, schickst einen von Vermutung zu Vermutung, lässt dir eine Weile nachschauen, dann biegst du um eine Ecke und bist weg. Und tauchst wieder da auf, wo man dich am wenigsten vermutet –

– so auch in der dunklen Nacht, als wir uns zum letzten Mal sahen. Es muss spät gewesen sein – ich glaube, sie hatten inzwischen die Sperrstunde bis Mitternacht verlängert oder schon ganz aufgehoben –, und ich war im Polenlager gewesen (innerlich die Hosen voll, wie man so sagt, denn die konnten uns ehemaligen HJlern gegenüber unangenehm werden), hatte in die Kantine gespäht, wo getrunken, gezockt, gehandelt wurde, wo Knuffke auch zu

Die Freibadclique

finden sein könnte, denn es musste ja diese Beziehungen zwischen der polnischen Gruppe und den amerikanischen Schiebern geben, und ich vermutete Knuffke in der Rolle des Mittelsmanns – ich fand ihn aber nicht. Jetzt, heimkehrend, näherte ich mich dem Mauerstück, über das ich hoch musste zum Waschküchendach. Wahrscheinlich hätte ich ihn, unterscheidungslos schwarz im Schattenschwarz der Mauer, bis dicht hin nicht entdeckt, wenn er nicht an einer Zigarette gezogen hätte.

Ich sah nur den rötlich glühenden Punkt, als er sagte: »Da biste ja endlich.«

»Na, du hast Nerven: ›endlich!‹; ich such dich seit Wochen.«

»Wieso? Is wat Speziellet?«

»Das frag ich dich. Wo hast du gesteckt?«

»Bin viel uff Achse, mal da, mal dort, komm – rooch eene mit!«

Er hielt mir die Packung hin, aber ich nahm keine Fluppe, sondern deutete mit dem Daumen an der Mauer hoch: »Lass uns uff Bude gehen, wird kühl hier draußen.«

Er sah auf die Uhr …

»Aber nich' lange, muss noch ins Polenlager.«

Da wurde mir klar, dass sein Besuch keinen besonderen Anlass hatte. Der Weg von der Stadtmitte ins Polenlager führte an unserem Haus vorbei, und da war er auf die Idee gekommen, auf gut Glück bei mir vorbei zu pfeifen und, als ich nicht antwortete, eine Zigarettenlänge zu warten. Mehr war es nicht. Wir zogen uns an der Mauer hoch, huschten über das Dach und stiegen bei mir ein. Das elektrische Licht ging nicht an: Stromsperre – es gab ja von nichts genug in diesen Tagen, nicht einmal Strom, und sie schalteten die Privathaushalte immer mal wieder ab. Ich zündete ein paar Hindenburglichter an, von denen wir aus Luftschutzzeiten noch einen Vorrat hatten. So saßen wir im Halbdunkel, und ich habe von Knuffke in dieser Abschiedsstunde nicht viel gesehen.

»Haste wat zu saufen da, nee, wa?«

»Höchstens den Rachenputzer, den der alte Guggelbach von unten immer kriegt, wenn er kommt und 'n Lichtschalter repariert oder so, schmeckt aber grausam.«

»Besser wie nischt, Mann.«

Die Freibadclique

Ich nahm ein Hindenburglicht und fand die alte Mineralwasserflasche mit dem Fusel in der Küche.

Die kurze Pause war günstig, gab mir Zeit, um im Stillen die Beiläufigkeit zu üben, mit der ich Knuffke dann fragte: »Wie geht's Gunda?«

»Bescheiden. Spinnt mal wieder.«

»Wieso?«

»Ach, so ebent... quatscht dumm' Zeug, sieht Jespenster und so.«

»Wieso? Was für Gespenster?«

»Dasse mir irjendwann killen.«

»Wer sie?«

»Keene Ahnung, wat se sich da allet zusamm' reimt. Ick hab' keene Feinde im Jewerbe, ick bin imma ehrlich, halt' mir jenau an die Deals.«

»Und was is' mit dem Captain?«

»Wieso? Wat soll sin mit McKee?«

»Das geht doch nich' ewig gut mit Gunda und dir und ihm...«

»Ewig soll et ooch nich' jehn, Junge, ick ha 'n Riesending am Loofen, und wenn det hinhaut, sind wa weg, Gunda und icke.«

»Wenn er euch weglässt.«

»Er muss, Junge, sonst issa dran.«

»Was heißt, er is dran?«

Knuffke nahm den dritten oder vierten Schluck aus der Fuselflasche, es waren Bierschlucke, keine Schnapsschlucke, und ich weiß noch, dass ich mich wunderte, wie wenig ihm das anzumerken war, nein, nicht wenig, gar nicht. Kann aber sein, dass er das Folgende doch eher für sich behalten hätte, wenn er völlig nüchtern gewesen wäre:

»Kannste die Klappe halten? Die Sau macht Jeschäfte mit ehemalje Agenten von de Gestapo. Die koofen sich 'ne weiße Weste bei ihm und zahlen mit Schmuck, Brillanten und wat se sich ebent so untern Najel jerissen ham im Krieg – dufte, wa?«

»Mann ... und woher weißte das?«

Knuffke lachte fast fröhlich, überhaupt schien er guter Dinge zu sein. »Det möchtste jetz' wissen, wa? Und det möchte vor allem der Captain wissen, weil – solang a nich' weeß, wer noch weeß, kann a nischt jejen mir unternehm', nischt!«

Ich schwieg, zwar beeindruckt, doch war mir klar, dass Knuffke an dieser Stelle mehr erwartet hatte: einen Laut oder Ausruf des Beifalls, ja der

Die Freibadclique

Hingerissenheit. Was mich daran hinderte, war die Entdeckung, dass Knuffke rhetorisch gesprochen hatte, womit ich meine, dass er Sätze auf ihre Wirkung hin baute. Das war neu: Knuffke als Redner! Da stimmte etwas nicht. Aber in dem Schummerlicht konnte ich sein Auge nicht sehen, seinen Blick, dem vielleicht abzulesen gewesen wäre, was nicht stimmte.

Ich sagte: »Toll, Mann, du bist 'ne richtig große Nummer geworden… und wir kleinen Heinis hier…« (»hier«, sagte ich, als ob er schon weg wäre in Südamerika oder sonstwo!) »… wenn ich dran denke, dass im Dezember die Schule wieder los geht, und da hocken wir dann auf unseren Pennälerärschen, wie wenn nie was gewesen wär'…«

Er sah auf die Uhr und stand auf. »Ohne mir, Junge, for mir is det vorbei, wa? Ick meene, ick ha' ja ooch nie so richtig dazujehört.«

Er war ein, zwei Schritte auf mich zugekommen, und jetzt sah ich seinen Blick, und es lag eine Trauer darin, von der er selbst vielleicht gar nichts wusste.

»Nee… nochmal Ablativus absolutus und Aljebra und Völkerwanderung und uffstehn, wenn der

Pauker rinkommt, und bibbern, ob du 'ne Vier oder 'ne Fünf jeschrieben hast – nee. Mit mir macht det keener mehr.«

Er langte beidhändig in seine Taschen, zog aus jeder einen Pack Camels hervor und warf beide auf mein Bett.

Dann ging er zum Ausstiegsfenster, und schon die Klinke in der Hand, dreht er sich nochmal zu mir um und sagt: »Die Gunda spinnt wirklich 'n bissgen zur Zeit – erzählt mir doch jlatt, sie hätte mit dir jefickt. Ick ha' se ausjelacht und jesagt: ›So 'ne Märchen kannste deene Omma verzapfen. Sowat täte der nie!‹«

Und ich stehe da und bringe kein Wort heraus, und er macht das Fenster auf und steigt hinaus aufs Dach, dreht sich aber nochmal halb um und sagt: »Wenn wa uns wiedersehn, ha' ick vielleicht schon meen Glasooje, so long!«

Und jachtert davon auf dem Dach, lässt sich in seinen schwarzen Klamotten verschlucken von der Nacht, zuletzt sein helles Haar, und ist weg.

Hat er gesagt: »Wenn wir uns wiedersehn«, oder hat er gesagt: »Wenn wir uns nochmal sehn«?

Die Freibadclique

Weiß nicht mehr. Auf jeden Fall als Letztes: »So long!«

So long! – How long? Wie lang ist die Ewigkeit?

Für Knuffke begann sie knapp drei Wochen nach unserem nächtlichen Gespräch auf meiner Bude. Im Frühnebel eines Herbsttages, der sich später zu leuchten anschickte, wurde der große Knuffke von einem Streckenwärter auf dem Bahngleis Richtung Heilbronn gefunden, ein paar Kilometer außerhalb des Bahnhofsbereichs. »Er wurde gefunden« ist vielleicht etwas zu schonend ausgedrückt – gefunden wurden die Teile eines Pakets, zu dem man Knuffke zusammengeschnürt hatte mit soliden Stricken in festem Zementsackpapier, und der erste Frühzug hatte es noch im Dunkeln überrollt. Ob Knuffke schon tot war, bevor das geschah, war angeblich nicht mehr festzustellen, zumindest dürfte er aber ohnmächtig gewesen sein, den Schlagverletzungen nach zu urteilen, die sein Schädel aufwies. Mehr ließ die deutsche Polizei nicht verlauten, und das ist auch schon alles, was ich weiß – halt, natürlich das noch: Der Mord blieb unaufgeklärt. Kein Mensch hierorts hat jemals erfahren, wer der oder die Täter waren. Heute alles begraben unter der Zeit. Die Letzten, die sich erinnern, dass da mal was war – bald werden auch wir untergepflügt sein und vergessen.

Bis dahin aber bleibt mir der hoffnungslose Kampf gegen die Liederlichkeit in meiner Gedächtnisstube, die schlampige Ablage, in der ich immer gerade das nicht finde, was ich suche, stattdessen stoße ich ständig auf Dinge, die ich lieber nicht mehr gefunden hätte – ich will sagen: Ich finde kaum mehr etwas, die Nachricht von Knuffkes Tod betreffend. Beschämend diese Leere: Ich weiß nicht mehr, wann und durch wen ich es erfuhr und in welchen Zustand ich dadurch geriet. Schmerz? Schrecken? Elend und Jammer? Oder nur Betäubung, Vollnarkose sozusagen? Allein dieser ohnmächtige Zorn am Grab ist mir noch gegenwärtig. Die Bestattung, nachdem die Amerikaner, die den Fall umgehend an sich zogen, den Leichnam freigegeben hatten. Evangelischkärglich wohl. Ich glaube, Stadtpfarrer Glockengast sprach, und die Walkürenfigur der Geigenlehrerin Dornsack, in deren Händen das Instrument immer wirkte wie die winzige Fiedel eines Zirkusclowns, spielte etwas Langsames. Kaum Leute da, ein paar Klassenkameraden, auch Peanut, glaube ich, vielleicht Studienrat Ströh-Ströhle, zwei, drei Küchenmädels aus dem Officers' Club und so weiter. Jedenfalls keine Gunda. Die war, wie ich später erfuhr, noch am Tag von Knuffkes Tod mit unbekanntem Ziel verreist und nie mehr zurückgekommen, soweit ich weiß. Angst? Protest? Hatte sie dieselbe Idee wie ich, wer hinter der Mordtat stecken könnte und nun dienstlich mit ihrer Aufklärung befasst war?

Bubu – Bubu sollte ich noch erwähnen –, der war auf dem Weg zum Friedhof heulend umgekehrt und davongelaufen, nachdem er unter Vorführung sämtlicher Nager- und Oberlippenpositionen einen atemverknappenden Schwall der Selbstbezichtigung ausgestoßen hatte. Er sei schuldig, denn er habe Knuffke gehasst, habe sich manchmal sogar seinen Tod gewünscht, denn vom ersten Tag an, als der Berliner Bombenflüchtling in der Klasse erschienen war, habe er darunter gelitten wie eine Sau, dass die Aufmerksamkeit aller sich auf Knuffke richtete, der sie ja gar nicht wollte, während er, Bubu, sie so dringend gebraucht hätte – in dieser Art, herzerweichend und schamlos, insgesamt unangenehm, hätte es gern vergessen, aber natürlich: Das habe ich behalten.

Von den Ermittlungen des CIC-Departments unter Captain McKee ist wenig zur deutschen Bevölkerung durchgesickert, immerhin war zu erfahren, dass sich die Nachforschungen auf das Milieu des professionellen Schwarzhandels konzentrierten, der von den DPs (Displaced Persons) beherrscht wurde, den Überlebenden des NS-Sklavenbetriebs also, die man einst aus den eroberten Ostgebieten hergetrieben hatte und die nun in den Camps saßen und auf ihre Auswanderung nach Amerika und Kanada warteten, denn in ihre inzwischen Stalin gehörenden Heimatländer konnten sie nicht zurück, man hätte sie dort als Kollaborateure behandelt. Hinreichend des Mordes an Knuffke Verdächtige schienen sich aber unter ihnen nicht finden zu lassen.

Wenigstens wurde uns umrisshaft deutlich, was Knuffke unter »Business« verstanden hatte. Es musste ihm gelungen sein, einige Checkers am Mannheimer Verteilungsbahnhof für seine Zwecke zu gewinnen.

Die Freibadclique

»Checkers«, meist deutsche Jungs, etwa ehemalige Luftwaffenhelfer in amerikanischen Diensten, hatten die Aufgabe, die aus Bremerhaven eintreffenden US-Versorgungszüge abzuwickeln, deren Fracht teils für die immer noch riesigen Gefangenenlager, teils für die DP-Camps bestimmt war. Die Checkers überprüften waggonweise den Inhalt und sorgten für die Weiterleitung der einzelnen Wagen zu den jeweiligen Bestimmungsbahnhöfen. Dabei konnten Irrtümer unterlaufen, sodass gelegentlich ein Waggon mit Zucker, Fleischkonserven oder Genussmitteln am falschen Ziel landete, zum Beispiel in unserem Güterbahnhof, von wo ein Stichgleis ins Polenlager führte – so ähnlich, jedenfalls ging das andeutungsweise aus einem vielleicht vom CIC inspirierten Zeitungsartikel hervor, der sich mit der moralisch gefährdeten deutschen Nachkriegsjugend beschäftigte. Knuffke (namentlich nicht genannt) erschien darin als warnendes Beispiel und vermutliches Opfer eines Kampfes um Beuteanteile, insgesamt ein tragischer Fall, dessen nähere Umstände wohl im Dunklen bleiben würden.

Ich weiß nicht mehr, ob mich das alles damals

überhaupt noch interessierte. Knuffke war weg, und es kann sein, dass ich mir Mühe gab, ihn zu vergessen, ihn und das Freibad und alles. Wir waren zu fünft gewesen, jetzt gab es nur noch Bubu und mich, das war das Ende vom Lied: drei Tote und die immer noch wiederkehrenden Träume von Lore, die wahrscheinlich auch tot war. Einmal sah ich sie in den Armen von irgendeinem dieser Testpiloten, aber da waren keine Jasminbüsche, kein Schwimmbecken, da waren nur Steine und dahinter Wasser, vielleicht ein breiter Strom, und im Erwachen hatte ich eine Silbe im Ohr: »Styx« – war das nicht der Grenzfluss zum Reich der Toten?

Bewusstloses Treiben aus diesem immer grauer werdenden Herbst in den Winter hinein. Was tat ich? Las ich? Hing ich am AFN? Stieg ich irgendwelchen Mädchen nach? Keine Ahnung. Könnte sein, dass ich nachts viel in der Stadt herumstrich, ohne Bubu, der sich abends nicht mehr traute, seine Mutter mit dem immer unberechenbaren Mann alleine zu lassen. Es gab Kneipen, wo sie mich inzwischen einließen, und ich schaute beim Zocken zu oder machte mit einer der hübscheren Ami-

Die Freibadclique

bräute »Augenvögeln«, bis der dazugehörige Sugar Daddy böse wurde. Einmal starrte mich einer an mit der Kälte, die ich damals in McKees Augen gesehen hatte, und ich hörte plötzlich im Lärm von Spielbetrieb und Barmusik Knuffkes Stimme und was er da am letzten Abend auf meiner Bude gesagt hatte: »… solang a nich weeß, wer noch weeß, kann a nischt jejen mir unternehm', nischt!« Das hatte mir eingeleuchtet und mich immer wieder davon abgehalten, den Captain definitiv für den Drahtzieher des Mordes zu halten – so dumm wäre der nicht gewesen. Was aber, wenn die Killer Knuffke gefoltert hatten, bevor sie ihn umbrachten? Wenn McKee auf diese Weise erfahren hatte, »wer noch weeß«, und entsprechende Maßnahmen treffen konnte? Es wurde mir immer klarer: Er hatte Knuffke auf dem Gewissen, und die Ermittlungen gegen die DPs waren nichts als ein raffiniertes Ablenkungsmanöver.

Ich glaube, dass ich noch in derselben Nacht die Null-acht vom Dachboden geholt habe. Ich sehe noch diesen Jungen – war das wirklich ich? –, der sich da in der dämmernden Frauendienerstraße herumtrieb und nach einer günstigen Position für ein, zwei, vielleicht drei Schüsse auf den Captain suchte, wenn der in der bald einbrechenden Dunkelheit heranfahren und aus seinem verdammten Cadillac steigen würde. War ich nur ein romantisch-verwirrter Knabe, der, vollgesogen mit den Bildern aus Gangsterfilmen, da seinen eigenen Film spielte, eher harmlos also? – Kinder kennen sehr genau die Trennlinie zwischen Spiel und Leben, sie wissen, dass sie spielen. Nur: Solange sie spielen, gibt es nichts Ernsteres für sie als das Spiel – und weiß man, wie lange es dauert?

Ich wartete, wenn ich mich recht erinnere, zwei Abende nacheinander bis spät in die Nacht auf McKee. Aber er kam nicht, war vielleicht auf Dienstreise. Den Posten an der Haustüre traute ich mich nicht zu fragen, das hätte Verdacht erregen können. Dann zerfaserte mir die Rolle des Rächers auf dem Leib wie ein schlechtes Kriegshemd aus Zellwolle. Ich schlich mich frierend am Amistrich vorbei durch den Stadtpark zum alten Herrenbad an die Stelle, wo früher das Dreimeterbrett war. Der Fluss führte hohes Wasser. In seinem Rauschen war das Aufklat-

Die Freibadclique

schen der Knarre nicht zu hören, sonst hätte man sagen können, dass mit diesem Laut die Geschichte der Freibadclique unwiderruflich zu Ende war.

Nicht nur das Attentat war gescheitert, auch meine Heimkehr missglückte. Als ich mich vom Waschküchendach zu meinem Fenster hochzog und wie gewohnt sanft dagegen drückte, gab es nicht nach, wich auch stärkerem Druck nicht. Es ging nicht auf. War zugeklinkt. Zum ersten Mal, seit ich diesen Einstieg benutzte. Undenkbar, dass Charlotte, die ja eingeweiht war, dies getan hatte. Ich musste beim Abmarsch vergessen haben, es aufzuklinken, und so stand ich da oben wie Pik Sieben, populär gesprochen. Dann fiel mir Elfriede ein, Schankkellnerin im *Roten Ross*, einer Bierwirtschaft im Nebenhaus. Sie hatte bei uns im Tiefparterre ihre Schlafkammer, deren Fenster zum Hof ging, während die Zimmertüre ins Treppenhaus führte, durch das ich nur zwei Stockwerke hinauf müsste, dann stünde ich vor unserer Wohnungstür, für die ich einen Schlüssel besaß. Wenn Elfriede noch wach war und mich durchs Fenster einließe, müsste ich Charlotte nicht herausklingeln, die auf Störungen ihrer Nachtruhe ungut reagieren konnte. Ich kroch übers raureifglatte Dach zurück zur Mauer und sprang hinunter in den Hof.

Glück: Elfriede hatte noch Licht, und schon dafür war ich ihr dankbar. Sie war eine stabil gebaute Bauerstochter aus der Umgegend, damals um die dreißig, schätze ich, und besaß einen Zarah-Leander-Alt, den sie mit Lust in der ganzen Nachbarschaft hören ließ, vor allem an gewissen sehnsuchtsgeschwängerten Sommerabenden, wenn sie im Hof ihre Wäsche von der Leine nahm, die sie dort tagsüber in aller Unschuld hängen hatte zur Besichtigung durch die heftig pubertierenden Gassenjungs des Viertels: beträchtliche rosafarbene »Stukas« (der alte Luftwaffenwitz: »... sie fallen beim Angriff!«). Elfriedes Lieblingslied war »Schön ist die Nacht, die lauschige Nacht, es leuchten die Sterne, dich hab' ich gerne, nur dich, dich allein ...«. Sie sang es zuverlässig rein und unglaublich schmalzig, und wer es hörte, konnte nicht umhin zu denken, er allein sei gemeint.

Mich Elfriedes Fenster nähernd, dachte ich, es sei nett, nicht einfach zu klopfen, sondern mich mit einem kleinen Ständchen bemerkbar zu machen, und so sang ich in ihrem Stil, wenn auch nicht mit ihrer Lautstärke: »Schön ist die Nacht...« Sofort ging das Fenster halb auf, und sie erschien im kärglichen Schein der Nachttischlampe, doch erkennbar spärlich bekleidet.

»Bisch du b'soffa?«

»Nee, nur 'n Hausschlüssel vergessen, kann ich bei Ihnen rasch durch?«

»Von mir aus, Augeblick...«

Sie warf sich ein arg zerschlissenes Kunstseidenmäntelchen über, machte das Fenster ganz auf, um mir das Einsteigen zu erleichtern, und schloss es wieder hinter mir. Dann knipste sie das Deckenlicht an und musterte mich mit dem fachkundigen Blick der Kellnerin, die mit jeder Sorte Kundschaft zurechtkommen muss...

»Was isch 'n mit dir los? Du siehsch ja aus wie a G'spenscht!«

»Wieso? Ich bin okay.«

»Schwätz' kein Scheiß, mit dir stimmt was net.«

Mir war klar, dass mit mir so gut wie nichts mehr stimmte; dass es aber diese Landpomeranze mit dem ersten Blick erkannt hatte, machte mich klein, noch kleiner, als ich schon früher in dieser Nacht geworden war. Ich wusste, dass ich auf McKee niemals hätte schießen können. Ich wusste, dass das Wegwerfen der Knarre die endgültige Kapitulation gewesen war. Wir waren die, die dazwischenhingen auf immer und ewig: aus der militanten Tradition des Konservativ-Nationalen herausgefallen wie unflügge Jungvögel aus dem Nest und für die Rückkehr in die reinlichen Behausungen des Bürgerlichen zu viel Dreck gesehen, selbst zu dreckig geworden. Weder Krieger noch Honnêtes hommes, wir verachteten beide. Wir hassten den Krieg, aber kaum weniger den Frieden, der da kommen würde mit Schule, Tanzstunde und Hausmusik. Wohin mit uns? Wir passten nirgendwo rein.

Ich sagte zu Elfriede: »Vielen Dank und Gutnacht.«

»So lass' i di net fort, Kerle ...«

Sie schob mir einen Stuhl, den einzigen, in die Kniekehlen und drückte mich hinein.

»Jetz' trinksch z'erscht amal ebbes, i han was Gut's.«

Die Freibadclique

Sie holte aus dem Spind eine Flasche und Gläser. Sie setzte sich mir gegenüber auf das Bett, das zerwühlt war. Sie musste Besuch gehabt haben. In dem Kämmerchen hing dichter, süßer Zigarettendunst, unter der Nachttischlampe sah ich ein leeres Kondombriefchen, ich glaube »Silver Tex«, eine amerikanische Marke, alles unwichtig, aber dann sah ich die Flasche, aus der sie mir einschenkte.

Es war Bourbon, Jim Beam, und mit dem ersten Whiskeygeschmack im Mund ist Knuffke da und sagt: »So'n Pech, Junge, ick ha' ma so uff det Glasooje jefreut. Aber dafür ham' se mir keene Zeit mehr jelassen, die Schweine.«

Ein Tränenausbruch, so jäh, wie ich ihn mir nie zugetraut hätte. Ich war immer ein schlechter Heuler und bin es geblieben, aber damals in Elfriedes Kammer hat es mich weggeschwemmt. Ich glaube, irgendwann fing sie an mitzuheulen, aber sonst weiß ich vom Fortgang der Nacht nichts mehr.

Der erste Tag Penne nach über einem Jahr – wir fanden uns eher spaßeshalber ein, um erstmal zu sehen, ob das überhaupt noch ginge. An irgendeine Eröffnungsfeierlichkeit kann ich mich nicht erinnern. Unser altes Klassenzimmer roch wie immer, als ob gestern noch Unterricht gewesen wäre. Mittelstufenmief, stinkender Tafelschwamm, Leberwurstbrote der Bauernsöhne, sogar frischer Bohnerwachsgeruch – weiß Gott, wo der Pedell Kochert das in dieser Zeit hergebracht hatte. Ein paar Bänke fehlten, waren offenbar geklaut und verheizt worden, sodass wir zusammenrücken mussten, damit alle sitzen konnten. So kam es, dass die Plätze von Knuffke, Kuss und Rosenacher nicht leer blieben, wie es sich eigentlich gehört hätte. Um Lässigkeit bemüht, lagen wir mehr in den Bänken, als dass wir saßen, obwohl das schwierig war, weil der Fußraum geschrumpft schien. Manche rauchten, drückten ihre Zigaretten dann im Tintenfass aus, aber eher geruhsam, als Ströh-Ströhle hereinkam.

Nach ein paar Schritten blieb der Studienrat stehen, offensichtlich verwirrt, fast so, als sei er in ein falsches Zimmer geraten. Etwas schien ihm zu fehlen.

Mit deutlichem Vorwurf sagte er: »Gu-guten Morgen!«

Die Freibadclique

Ein Gemurmel antwortete ihm, das ihn unbefriedigt ließ, und so wiederholte er, jetzt richtig anklagend, aber stotterfrei: »Guten Morgen!«

Manche begriffen nun, was ihm fehlte, und erhoben sich mühsam von den Bänken. Die meisten blieben sitzen. Ströh-Ströhle dankte dennoch mit groß abwinkender Geste, als ob die Klasse geschlossen aufgesprungen sei. Er ging zum Pult, stellte, wie gewohnt, die uralte Ledermappe auf dem Stuhl ab, zog seinen lindgrün eingebundenen Cäsar daraus hervor und blätterte darin, liebevoll besorgt, ein bestimmtes Kapitel zu finden.

Dann blickte er zur Klasse, durchaus den souveränen Schulmann gebend, der es sich leisten kann, auch einmal die Schüler um Rat zu fragen: »Weiß je-jemand, wo wir ste-stehen geblieben waren?«

JEDEN MONAT NEU DAS LESEN GENIESSEN

Entdecken Sie die schönen
Seiten des Lesens mit unseren
List-Taschenbüchern!

List

Vom Glück des Zufalls und der Magie des Lebens

Francesc Miralles

Samuel
und die Liebe zu den kleinen Dingen

Roman

Deutsch von Anja Lutter

ISBN 978-3-548-60936-2

Der Literaturdozent Samuel hat es sich in seiner Einsamkeit bequem gemacht – bis ihm eine junge Katze zuläuft und ihn aus seiner Lethargie zurück ins Leben holt. Schritt für Schritt öffnet sich Samuel für das kleine Glück des Alltags, für Begegnungen, Freundschaften und schließlich für die Liebe.
Ein bezauberndes Buch für alle, die sich auf unterhaltsame Weise mit den großen Fragen des Lebens beschäftigen wollen.

List

650 000 Stunden

Noch einen Augenblick, und wieder würde ein Jahr zu Ende gehen und ein neues beginnen. Letztlich haben wir doch willkürlich festgelegt, wann Jahre, Monate und Stunden anfangen. Erfindungen der Menschen, um Kalender zu verkaufen. Wir haben die Welt nach unseren Vorstellungen eingerichtet, weil es uns beruhigt. Vielleicht hat das Universum hinter dem offensichtlichen Chaos ja tatsächlich eine feste Ordnung. Ganz bestimmt aber nicht unsere.

Während ich einen Piccolo und einen Teller mit zwölf Weintrauben auf meinen großen Esstisch stellte, dachte ich über die Zeit nach. Ich hatte einmal gelesen, dass die Batterien eines Menschenlebens nach rund 650 000 Stunden leer sind.

Angesichts der Krankengeschichte des männlichen Teils meiner Familie würde mein persönliches Kontingent wohl kaum über 600 000 Stunden liegen. Mit meinen siebenunddreißig Jahren befand ich mich vermutlich ziemlich genau auf halber Strecke.

Bis zu diesem 31. Dezember, kurz vor Mitternacht, war mein Leben nicht gerade besonders abenteuerlich gewesen.

Außer einer Schwester, die ich fast nie sah, hatte ich keine Verwandten, und mein Leben spielte sich zwischen dem Institut für Germanistik, wo ich als Dozent arbeitete, und meiner Wohnung ab.

Mit Ausnahme der Studenten in meinen Literaturseminaren hatte ich kaum soziale Kontakte. Meine Freizeit verbrachte ich, abgesehen von den Unterrichtsvorbereitungen und dem Korrigieren von Klausuren, mit den typischen Beschäftigungen eines Junggesellen, der zu viel Zeit hat: Bücher wieder und wieder lesen, klassische Musik, die Nachrichten ... Das Aufregendste in dieser Routine waren meine gelegentlichen Fahrten zum Supermarkt.

An Feiertagen gönnte ich mir hin und wieder einen Kinobesuch. Meistens einen ausländischen Film in Originalfassung. Immer die vorletzte Vorstellung. Ich verließ das Kino stets so einsam, wie ich es betreten hatte, doch die Erinnerung an den Film lenkte mich für den Rest des Abends hinreichend ab. Zu Hause studierte ich dann das Infoblatt zum Film: die technischen Daten, die Lobreden der Kritiker (die schlechten Kritiken werden ja nie abgedruckt) und das eine oder andere Interview mit Regisseuren oder Schauspielern. Die Lektüre änderte jedoch nie etwas an meiner Meinung über den jeweiligen Film. Schließlich schaltete ich das Licht aus, um zu schlafen.

Wie jedes Mal überkam mich in diesem Augenblick ein seltsames Gefühl. Ich dachte daran, dass ich keinerlei Gewissheit hatte, am nächsten Tag wieder aufzuwachen. Das Gefühl verschlimmerte sich, wenn ich damit begann zu berechnen, wie viele Tage oder gar Wochen vergehen würden, bis jemand bemerkte, dass ich tot war.

Dieser Gedanke ließ mich nicht mehr los, seit ich in der Zeitung gelesen hatte, dass ein Japaner drei Jahre tot in seiner Wohnung gelegen hatte, bis man ihn fand. Offenbar hatte ihn niemand vermisst.

Aber zurück zu der besagten Silvesternacht. Während ich an meine verlorenen Stunden dachte, betrachtete ich das Tellerchen mit den zwölf Trauben und die kleine Sektflasche. Ich habe mir nie viel aus Alkohol gemacht.

Als ich den Piccolo öffnete, waren es noch sechs Minuten bis zum Glockenschlag – ich wollte nicht riskieren, dass mich das neue Jahr unvorbereitet traf. Dann schaltete ich den Fernseher ein und zappte mich durch die Programme bis zu einer Sendung, die die Feier zum Jahreswechsel an der Puerta del Sol in Madrid übertrug. Hinter den beiden Moderatoren – strahlend und schön – zappelte eine enthusiastische Menge und ließ die Sektkorken knallen. Es wurden die traditionellen Gesänge angestimmt und einige Leute rissen die Arme hoch und sprangen in die Luft, um ins Bild zu kommen.

Wie seltsam einem die Vergnügungen der anderen vorkommen, wenn man allein ist.

Um Mitternacht steckte ich mir vorschriftsmäßig mit jedem Glockenschlag eine Weintraube in den Mund. Während ich die Reste mit einem Schluck Sekt hinunterspülte, kam ich mir ziemlich albern vor, weil ich einer dummen Tradition auf den Leim gegangen war.

Derart ertappt, beschloss ich, dem Jahreswechsel nicht noch mehr Zeit zu widmen, wischte mir mit einer Serviette den Mund ab und schaltete den Fernseher aus.

Während ich meinen Pyjama anzog, drangen von der Straße her das Krachen der Raketen und johlendes Gelächter in meine Wohnung herauf. Wie kindisch, dachte ich bei mir, als ich mich ins Bett legte wie an jedem anderen Abend auch.

In dieser Nacht konnte ich nicht einschlafen. Allerdings nicht wegen des Trubels auf der Straße – der sich kaum ausblenden lässt, wenn man mitten in Gràcia wohnt. Ich schlafe immer mit Schlafmaske und Ohrstöpseln.

Nein – zum ersten Mal fühlte ich mich wirklich einsam und verlassen an einem Feiertag, und ich wollte nur, dass diese ganze Farce so schnell wie möglich vorüber ging. Ich hatte fünf ruhige Tage vor mir. Dann am Dreikönigstag das Essen mit meiner Schwester und ihrem Mann, der unter Depressionen leidet, seit ich ihn kenne. Kinder haben sie keine.

Das wird bitter, dachte ich. Ein Glück, dass am nächsten Tag das normale Leben wieder beginnt.

Getröstet durch diesen Gedanken merkte ich, wie mich langsam der Schlaf übermannte. Ob ich wohl morgen aufwachen würde? Wieder ein neues Jahr. Und wieder wird es nichts Neues bringen, war mein letzter Gedanke.

Wie hätte ich ahnen können, dass ich mich ganz unglaublich geirrt hatte.

Ein Teller Milch

Ich war früh aufgestanden und hatte das Gefühl, außer mir läge die ganze Stadt im Tiefschlaf. Es war so still, dass ich mir beinahe wie ein Verbrecher vorkam, als ich in meiner Küche saß und mir im Schlafanzug ein paar Scheiben Toast schmierte, anstatt wie der Großteil der Menschheit meinen Rausch auszuschlafen.

Von der kleinen Überraschung, die das neue Jahr für mich bereithielt, ahnte ich da noch nichts. Eine kleine Überraschung mit großer Auswirkung, wie der Flügelschlag eines Schmetterlings, der auf der anderen Seite des Erdballs einen Orkan auslöst. Ein Sturm war im Anzug, der die grauen Wände, zwischen denen sich mein Leben bis dahin abgespielt hatte, einreißen sollte.

Ich setzte Kaffee auf, zog mich an und begann den Tag zu planen. Ich fühle mich verloren, wenn ich meinen Tag nicht organisiere, selbst an einem Feiertag.

Es gab nicht allzu viele Möglichkeiten. Ich konnte die Arbeiten der Nachzügler korrigieren, die erst kurz vor Weihnachten abgegeben hatten statt am ersten Dezember, wie ich es eigentlich verlangt hatte. Ich verwarf diese Option jedoch sogleich wieder.

~ LESEPROBE ~

Vielleicht würde ich mir eine Weile das Neujahrskonzert der Wiener Philharmoniker anschauen, obwohl Walzer nicht mein Fall sind. Doch bis dahin waren ohnehin noch ein paar Stunden Zeit.

Im Bad wusch ich mir mit reichlich Wasser das Gesicht und griff dann zum Kamm. Das Erste, was er zu fassen bekam, war ein neues graues Haar, das mit nächtlicher Hinterlist gesprossen sein musste, denn ich war mir sicher, dass es am Vortag noch nicht da gewesen war.

Okay, graue Haare sind zwar ein Zeichen von Weisheit, sagte ich mir, als ich eine Pinzette nahm und es ausriss. Aber es muss ja nicht jeder wissen, wie weise ich bin.

Graue Haare deprimieren mich noch mehr als Haarausfall. Wenn ein Haar ausfällt, besteht immerhin noch die Möglichkeit, dass es wieder nachwächst, womöglich sogar kräftiger als vorher. Aber bei einem grauen Haar gibt es keine Hoffnung, dass es wieder schwarz wird, wenigstens nicht auf natürlichem Wege. Im Gegenteil. Wahrscheinlich wird es recht bald sogar weiß.

Von diesen düsteren Gedanken beherrscht, trottete ich durch die Wohnung. Als ich am Telefon vorbeikam, warf ich ihm einen traurigen Blick zu. Es hatte nicht geklingelt in der Silvesternacht, ebenso wenig wie am Heiligabend oder dem ersten Weihnachtstag. Und nichts deutete darauf hin, dass es am Neujahrstag anders sein würde.

Andererseits – ich hatte ja auch niemanden angerufen.

Nachdem ich es mir in einem Sessel bequem gemacht hatte, griff ich nach einem Buch, das ich mir kürzlich im Internet bestellt hatte. Es heißt *They have a word for it –*

ein kurioses Wörterbuch mit Wörtern, die nur in einer einzigen Sprache existieren.

Einen Namen für etwas zu finden ist laut dem Herausgeber Howard Rheingold eine Methode, die Existenz eines Dings oder Zustands nachzuweisen. Wir denken und verhalten uns in einer bestimmten Weise, weil wir die entsprechenden Begriffe dafür kennen. So gesehen werden unsere Gedanken von unserer Sprache geleitet.

Einige Beispiele für solche einzigartigen Begriffe, die ich besonders schön finde, sind:

Baraka: arabisch für eine spirituelle Energie, die für weltliche Zwecke eingesetzt werden kann.

Won: koreanisch für den Widerstand gegen das Loslösen von einer Illusion.

Rasbljuto: russisch für das Gefühl, das man für jemanden empfindet, den man einmal geliebt hat, aber nicht mehr liebt.

Mokita: kiriwinisch für die Wahrheit, die jeder kennt, aber keiner ausspricht.

Aus dem Spanischen hatte der Herausgeber Begriffe wie *ocurrencia* – der Gedanke, der jemandem plötzlich in den Sinn kommt – ausgewählt, von denen ich niemals vermutet hätte, dass sie unübersetzbar sind.

Zahlreiche Einträge gab es aus dem Deutschen, da die Wortbildungsmöglichkeiten hier – unter Einhaltung bestimmter Regeln – quasi unbegrenzt sind. Unter anderem *Torschlusspanik*, die »beklemmende Angst, die ledige Frauen beim Wettlauf mit der biologischen Uhr verspüren«.

Nach allem, was ich gelesen hatte, schien mir das Japanische die Sprache mit den subtilsten Nuancen zu sein, denn dort gab es Wörter wie:

Ah-un: stillschweigende Verständigung zwischen zwei Freunden.

Oder mein Favorit:

Mono no aware: die Traurigkeit der Dinge.

Während ich diesen Eintrag wieder und wieder studierte, wurde mir bewusst, dass mich seit einigen Minuten ein penetrantes Geräusch beim Lesen störte. Ein langsames und regelmäßiges Schaben, wie von einem Insekt, das sich seinen Weg durchs Holz gräbt.

Ich schaltete das Radio aus, um zu horchen, woher dieser lästige Laut kam. Genau in dem Augenblick verstummte er jedoch, als hätte sich sein Verursacher ertappt gefühlt.

Ich kehrte also zu meinem Sessel und meiner Lektüre zurück. Aber kaum hatte ich das Buch wieder zur Hand genommen, setzte das Geräusch wieder ein, nun noch erheblich lauter.

Das kann doch kein Insekt sein, dachte ich. Zumindest keins von normaler Größe.

Das Schaben schien von der Tür her zu kommen. Leicht beunruhigt stand ich auf. Welcher Irre würde sich hinter eine Tür setzen, um daran herumzukratzen? Die Sprache der Bantu kennt das Wort *palatyj*, »ein mythisches Monster, das an Türen kratzt«.

Ob Mensch oder Monster, wer auch immer die Absicht hatte, mir Angst zu machen, war auf dem besten Weg, das zu schaffen. Jedenfalls hatte derjenige meine Schritte gehört, denn als ich an die Tür trat, wurde das Schaben noch wilder und lauter. Ich fasste mir ein Herz und riss mit einem Ruck die Tür auf, um mein Gegenüber zu erschrecken.

Doch da war niemand. Genauer gesagt, niemand auf meiner Augenhöhe. Denn während ich verblüfft auf den leeren Treppenabsatz starrte, spürte ich, wie sich etwas Weiches an meinen Beinen vorbeischlängelte.

Instinktiv machte ich einen Satz nach hinten und schaute an mir herunter, um einen Blick auf den Eindringling zu werfen. Es war eine Katze, die mich mit einem fröhlichen Maunzen begrüßte. Jung, aber auch nicht mehr ganz klein, mit getigertem Fell, wie Millionen von anderen streunenden Katzen eben.

Wahrscheinlich hatte sie ein feindseligeres Auftreten von mir erwartet, denn jetzt rieb sie sich noch heftiger an meinen Beinen und streifte um mich herum.

»Ist gut jetzt«, sagte ich zu ihr, und schob sie sanft mit dem Fuß auf den Treppenabsatz zurück.

Schneller als ich gucken konnte, war das Tier jedoch wieder in die Wohnung geschlüpft und blickte mich fragend an. Ich schob die Abneigung, die mir Katzen schon immer verursacht hatten, beiseite, packte sie am Nackenfell und hob sie hoch. Ich vermutete, sie würde sich wehren und kratzen, aber sie beschränkte sich auf ein spitzes Miauen.

»Und jetzt zieh Leine«, befahl ich und beförderte sie mit Schwung in den Hausflur.

Kaum hatte sie den Boden berührt, schoss die Katze los und saß, ehe ich die Tür schließen konnte, wieder in meinem Flur. Ich war kurz davor, die Beherrschung zu verlieren.

Einen Augenblick lang dachte ich daran, mit dem Besen auf sie loszugehen, wie es mein Vater in solchen Fällen getan hätte. Vielleicht war es das Bedürfnis, mich ihm, der längst unter der Erde lag, noch einmal zu widersetzen, oder es war ein Rest Weihnachtsstimmung, jedenfalls gab ich die Jagd zunächst auf und ging stattdessen ein Tellerchen Milch holen, damit das Tier mich endlich in Ruhe ließ.

Zunächst dachte ich, die Katze würde mir bis in die Küche folgen, aber sie zog es vor, mir vom Flur aus erwartungsvoll hinterherzuschauen.

Ich goss einen Schluck Milch in eine Untertasse und ging vorsichtig, um nichts zu verschütten, in den Flur zurück. Doch als ich dort ankam, war die Katze verschwunden.

Die Tür zum Treppenhaus stand noch einen Spalt offen, und so nahm ich an, sie hätte meine Wohnung wieder verlassen. Ich verfluchte die Katze, weil ich die Milch umsonst geholt hatte, stellte dann die Untertasse auf den Boden und steckte den Kopf durch die Tür, um nachzusehen, ob sie vielleicht noch im Treppenhaus saß. Aber keine Spur von ihr.

Wahrscheinlich klappert sie die anderen Wohnungen ab, dachte ich bei mir.

Als rationaler und pragmatischer Mensch hasse ich es, wenn etwas grundlos passiert. Ich hatte die Milch geholt, und nun sollte die Katze sie verdammt noch mal auch trinken. Ich begann sie zu rufen, mit diesem zischenden Laut, mit dem man Katzen lockt. Jedoch ohne Erfolg.

Dann hatte ich das Theater satt, ließ den Teller draußen stehen und schloss die Tür.

In wenigen Minuten würde das Neujahrskonzert beginnen.

⁓ LESEPROBE ⁓

Die Leiden des jungen Werther

Der Nachmittag verging ohne nennenswerte Ereignisse. Ich stöberte noch ein wenig in dem Wörterbuch der ungewöhnlichen Wörter. Dann sah ich mir ein Weilchen das Konzert an, aber diese ganze Postkartenszenerie – Paare Hand in Hand am verschneiten Fenster – ging mir auf die Nerven und ich schaltete den Fernseher aus.

Mein Gewissen sagte mir, ich sollte ein bisschen arbeiten, um nicht das Gefühl zu haben, ich hätte den Tag vertrödelt. Also raffte ich mich auf und machte mich daran, ein paar Arbeiten zu korrigieren.

Es war eine eher leichte Übung gewesen: »Fassen Sie auf zwei Seiten Goethes Roman *Die Leiden des jungen Werther* zusammen.« Dieser Titel hat erstaunlich viele unterschiedliche Übersetzungen ins Spanische erfahren, etwa *Die Sorgen des jungen Werther, Die Leidenschaft des jungen Werther*, auch *Die Qualen, Die Pein* oder *Die Kümmernisse des jungen Werther*.

Die Handlung dieses Briefromans ist weithin bekannt: Der junge Werther lässt sich in dem idyllischen Dörfchen Wahlheim nieder, um sich ganz der Malerei und seinen Büchern zu widmen. Doch auf einem Tanzvergnügen lernt er Charlotte – für ihre Freunde Lotte – kennen, in die er sich unsterblich verliebt. Obwohl das Mädchen einem anderen versprochen ist, macht Werther ihr den Hof, in der Hoffnung, sie werde seine Gefühle erwidern. Er steigert sich immer heftiger in seine Leidenschaft hinein, wie es häufig geschieht, wenn eine Liebe nicht erhört wird. Auf Rat seines Freundes Wilhelm verlässt Werther das Dorf und nimmt eine Stellung als Sekretär bei einem Gesandten an. Doch er erträgt das mondäne Leben nicht und kehrt nach Wahlheim zurück, wo er sich angesichts der Unmöglichkeit, die inzwischen verheiratete Lotte zu lieben, erschießt.

Derart verkürzt, erscheint die Geschichte ziemlich dick aufgetragen und beinahe kitschig, doch bei Goethe wirkt sie ganz existenziell, so als sei Werthers maßlose Verliebtheit nur ein Vorwand für seinen Selbstmord, da er in Wirklichkeit seines Lebens überdrüssig ist.

Zumindest sehe ich das so, meine Studenten sind ganz anderer Meinung. Nach mehr als zwei Jahrhunderten sind junge Menschen von diesem Werk immer noch uneingeschränkt begeistert. Vielleicht weil man in ihrem Alter die Liebe noch idealisieren kann.

Die Studenten lieben es, wenn ich ihnen von dem Aufsehen erzähle, das dieser Roman zu seiner Zeit erregt hat. In weniger als zwei Jahren wurde er in zwölf Sprachen übersetzt – sogar ins Chinesische –, was für die damalige Zeit ungewöhnlich war. Er begründete einen Lebensstil, der auf der ganzen Welt seine Anhänger fand: Tausende von Romantikern kleideten sich nach dem Vorbild des Protagonisten in blaue Fracks und gelbe Westen, vergossen bächeweise Tränen und schrieben ihren Geliebten verzweifelte Briefe. Selbst Napoleon behauptete, das Buch auf allen Schlachtfeldern bei sich getragen und sieben Mal gelesen zu haben.

Ihrem Helden nacheifernd brachten sich Hunderte von jungen Leuten um, in einigen Städten, etwa in Leipzig, wurde der Roman deshalb sogar verboten.

Werther ist zu großen Teilen für den Begriff der romantischen Liebe verantwortlich, wie wir ihn heute noch verstehen. Es ist ein großartiges Werk, auch wenn mich einige Anwandlungen des Protagonisten zum Lachen reizen. Ich für meinen Teil habe den Verdacht, dass Goethe selbst mehr als einmal laut herausgeplatzt ist, während er an dem Roman arbeitete.

Der Überfall

An meinem Küchenfenster hatten sich von der winterlichen Kälte Eisblumen gebildet. Der Tag neigte sich dem Ende entgegen, und ich machte mir in aller Stille mein Abendessen. Ich habe die letzten Stunden des Tages nie gemocht. Das ist der Moment, in dem die Einsamkeit einem am meisten zu schaffen macht.

Während ich in einer kleinen Pfanne eine Tortilla zubereitete, fragte ich mich, warum es mit keinem der Mädchen, mit denen ich zusammen gewesen war, geklappt hatte. Meine letzte Beziehung war schon viele Jahre her. Sie war blond und ziemlich lustig gewesen. Ihr einziger Fehler war, dass sie schon einen Freund hatte, was ich allerdings erst nach einigen Monaten erfuhr. Ihr Bruder hatte sich meiner schließlich erbarmt und mir nahegelegt, die Sache zu beenden.

»Sie liebt keinen von euch beiden«, hatte er gesagt. »Wenn sie ihren Freund lieben würde, wäre sie nicht mit dir zusammen. Und wenn sie dich lieben würde, würde sie ihren Freund verlassen.«

Eine einfache Gleichung, die mich wieder auf den Pfad der Einsamkeit verschlug.

~ LESEPROBE ~

Werther hatte wenigstens Wilhelm, seinen treuen Freund, gehabt, dem er sein Leid klagen konnte. Ich hatte niemanden.

Wahrscheinlich habe ich aus Angst vor weiteren Enttäuschungen aufgehört, soziale Kontakte zu pflegen. Ich hatte genug davon, von vermeintlichen Freunden hängen gelassen zu werden, sobald man sie brauchte. Zudem ist es auch nicht leicht, Menschen zu finden, mit denen man sich auch nur halbwegs interessant unterhalten kann.

Also grolle ich der Welt und ihrer Dummheit.

Im Radio wurde eine Jazz-Jamsession aus Tokio übertragen. Genau in dem Moment, als ich die Tortilla erfolgreich wendete, fing das Publikum an zu applaudieren. Ich verbeugte mich mehrfach in der leeren Küche und widmete mich wieder meinem Essen.

Um elf war ich bereits im Bett, ich hatte das Licht gelöscht und hörte im Dunkeln weiter das Konzert aus Tokio.

Während ich an die Decke starrte und der virtuos gespielten Musik lauschte, tauchte vor meinem inneren Auge immer wieder der mausetote Japaner auf.

Vielleicht war es ihm mitten in der Nacht plötzlich schlecht gegangen, und er hatte niemanden um Hilfe bitten können, ging es mir durch den Kopf. Wahrscheinlich leben verheiratete Menschen deshalb länger als ledige. Wenn ich jetzt zum Beispiel ohnmächtig zusammenbrechen würde …

Gerade als ich das dachte, verspürte ich einen heftigen Stoß vor die Brust, der mir den Atem nahm. Ich tastete mit der Hand nach dem Telefon und fühlte, wie mir kalter Schweiß auf die Stirn trat. Der Hörer fiel zu Boden.

— LESEPROBE —

Am ganzen Körper zitternd gelang es mir, die Nachttischlampe anzuknipsen. Da sah ich sie.

Die Katze. Sie starrte mich aus ihren runden grünen Augen an.

Das Tier hatte sich offenbar in der Wohnung versteckt. Und nun saß sie auf meiner Brust und beobachtete mich neugierig.

»Verdammtes Viech!«, schrie ich, während ich mich mit einem heftigen Ruck aufsetzte. Fluchtartig stürzte die Katze ins Wohnzimmer. »Du hast mich zu Tode erschreckt!«, brüllte ich ihr nach.

Nachdem ich mich von dem Schrecken erholt hatte, sprang ich aus dem Bett, holte einen Küchenbesen und rannte der Katze hinterher, entschlossen, den Eindringling hochkant hinauszuwerfen.

Von der Katze keine Spur.

Ich lehnte den Besen an die Wand und inspizierte alle Zimmerecken – ohne Ergebnis. Dann nahm ich mir das Schlafzimmer vor, doch sie war weder unter der Decke noch unterm Bett und auch nicht im Kleiderschrank, dessen Türen nur angelehnt waren.

Meine zweite Razzia im Wohnzimmer verlief ebenso erfolglos wie die erste, die Katze schien wie vom Erdboden verschluckt. Leicht würde sie es mir nicht machen.

Ein plötzliches Gefühl der Erschöpfung kam über mich. Mehrere Stiche im Rücken bedeuteten mir, lieber wieder ins Bett zu gehen, anstatt weiter auf dem Boden herumzukriechen.

»Die Schlacht habe ich vielleicht verloren, aber nicht den Krieg«, sagte ich, betont laut, auf dem Weg ins Schlafzimmer. »Morgen kriege ich dich, und wenn ich die ganze Wohnung auf den Kopf stellen muss. Mach dich auf was gefasst.«

Ich legte mich ins Bett und sank augenblicklich in tiefen Schlaf, sodass ich sogar vergaß, das Radio auszuschalten.

© für die deutsche Ausgabe Ullstein Buchverlage GmbH, Berlin 2008
© 2006 by Francesc Miralles

⁓ LESEPROBE ⁓

Oliver Storz
Als wir Gangster waren
Prosa aus dem Nachlass
Mit einem Vorwort von Dominik Graf
185 Seiten mit 4 Abbildungen und Faksimiles,
gebunden mit Schutzumschlag, € 18,–
ISBN 978-3-86220-020-7

In seinem viel beachteten berührenden Roman *Die Freibadclique* überlebten am Ende nur zwei: Einer davon war zum Glück der Erzähler. Nun erscheint postum sein letzter Roman: Oliver Storz schildert die Anarchie des Sommers 1945, in der alles möglich zu sein schien.

»Erzählungen von berückender Schönheit über die Monate nach Kriegsende.« *Andrea Seibel, Literarische Welt*

»Was er schrieb, war immer schon Jazz.« *Dominik Graf*

www.graf-verlag.de

Steve Tesich
Ein letzter Sommer

Roman. www.list-taschenbuch.de
ISBN 978-3-548-60678-1

Ein letzter Kleinstadt-Sommer vor dem Erwachsenwerden: Daniel Price ist achtzehn und hat mit seinen beiden besten Freunden gerade die Highschool abgeschlossen. Er lenkt sich mit Ringkämpfen ab von der Verbitterung seines krebskranken Vaters und der bröckelnden Ehe der Eltern. Als Danny die schöne, unergründliche Rachel kennenlernt, seine erste große Liebe, wird die Welt auf einmal schrecklich und wunderbar weit.

»Ich möchte, dass dieses Buch richtig berühmt wird.«
Elke Heidenreich

List Taschenbuch

Eileen Chang
Gefahr und Begierde

Erzählungen. www.list-taschenbuch.de
ISBN 978-3-548-60917-1

Eileen Chang, Star der Shanghaier Literaturszene
der vierziger Jahre, war im kommunistischen China
jahrzehntelang verfemt. Heute wird sie weltweit als
literarische Wiederentdeckung gefeiert. Ihre Erzählungen halten den verzweifelten Lebenswillen der chinesischen Metropole fest und bewahren eine versunkene
Welt vor dem Vergessen.

»Knapp, manchmal unerhört drastisch und bei aller
chinesischen Manierlichkeit fabelhaft unsentimental.«
Der Spiegel

»Eileen Chang ist ein gefallener Engel der chinesischen
Literatur.« *Ang Lee*

List Taschenbuch

JETZT NEU

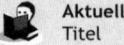 Aktuelle Titel | Login/ Registrieren | Über Bücher diskutieren

Jede Woche vorab in einen brandaktuellen Top-Titel reinlesen, ...

... Leseeindruck verfassen, Kritiker werden und eins von **100** Vorab-Exemplaren gratis erhalten.

Book Shelves
PT2681.T66 F74 2011
Storz, Oliver 1929-|
Die Freibadclique: Roman